www.ingramcontent.com/pod-product-compliance
Lightning Source LLC
LaVergne TN
LVHW050811051026
849532LV00008B/2965
*9789369086016*

# دریا کی سیر

(افسانے)

اختر انصاری

**Dariya ki Sair** *(Short Stories)*
by: Akhtar Ansari
Edition: October '2025
Publisher :
*Taemeer Publications LLC* (Michigan, USA / Hyderabad, India)

ISBN 978-93-6908-601-6



| | | |
|---|---|---|
| کتاب | : | **دریا کی سیر** (افسانے) |
| مصنف | : | **اختر انصاری** |
| صنف | : | فکشن |
| ناشر | : | تعمیر پبلی کیشنز (حیدرآباد، انڈیا) |
| سالِ اشاعت | : | ۲۰۲۵ء |
| صفحات | : | ۶۸ |
| سرورق ڈیزائن | : | تعمیر ویب ڈیزائن |

# فہرست

# نفرت

اَب مَیں اُس بھینگے کو یاد کر کے نہ تو دانت پیستا ہوں نہ مٹھیاں بھینچتا ہوں۔ اب مَیں سمجھتا ہوں کہ اُس کا طرزِ عمل بالکل فطری تھا اور حالات کے عین مطابق۔

مَیں دہلی سے بمبئی جا رہا تھا۔ بھوپال کے قریب ایک نسبتاً چھوٹے اسٹیشن پر کسی خاص ضرورت سے ریل رُکی۔ مَیں گاڑی سے اُترا اور پلیٹ فارم پر ٹہلتے ٹہلتے ذرا دُور نکل گیا۔ اتنے میں گارڈ نے سیٹی دی اور ریل یکایک چل پڑی۔ جس سمت میں گاڑی جانے والی تھی۔ خوش قسمتی سے مَیں اُسی سمت میں ٹہلتا ہوا آگے نکل گیا تھا۔ اگر کہیں مخالف سمت میں نکل جاتا تو گاڑی کا ہاتھ آنا ناممکن ہو جاتا۔ خیر، جونہی مَیں نے سیٹی کی آواز سُنی بے تحاشا بھاگا۔ یہ کم بخت فرنٹیئر میل تھا۔ ابھی گاڑی پلیٹ فارم ہی پر تھی کہ فراٹے بھرنے لگی۔ مَیں نے دل میں سوچا کہ ایسے میں اپنے ڈبے کی تلاش بے سود ہے۔ جو ڈبہ سامنے آئے اُسی میں گھس جاؤ۔ لمحہ بھر گاڑی کے ساتھ بھاگ کر ایک دروازے کے ہتھے پر جھپٹا مارا اور غپ سے اندر داخل ہو گیا
—— یہ ملازموں کا ڈبہ تھا۔

جب ذرا گھبراہٹ دُور ہوئی اور سانس پیٹ میں سمانے لگا تو مڑ کر ڈبے کا جائزہ

لیا۔ اُس میں صرف ایک سیٹ تھی۔ اِدھر سے اُدھر تک چپراسیوں اور اردلیوں کی وضع کے چار پانچ آدمی بیٹھے ہوئے تھے۔ جی چاہا میں بھی تھوڑی دیر بیٹھ رہوں۔ سیٹ کے پرلے سرے پر بہت سی جگہ خالی تھی۔ میرے قریب جو شخص بیٹھا تھا وہ ایک نوعمر لڑکا تھا اور بھینگا تھا۔ مَیں نے تحکمانہ لہجے میں اُس سے کہا، "تم اُدھر بیٹھ جاؤ۔"

اُس نے اپنی ترچھی نظر سے پہلے مجھے دیکھا، پھر اُس خالی جگہ کو۔ مگر بدستور اپنی جگہ پر بیٹھا رہا۔ وہ میرے تحکمانہ انداز سے قطعی مرعوب نہ ہُوا۔

مَیں نے پھر کہا، " ارے بھئی ذرا اُدھر بیٹھ جاؤ نا۔"

"تم کیوں نہیں بیٹھ جاتے وہاں جاکے؟" اُس نے نہایت کھرے پن کے ساتھ جواب دیا۔ مجھے اُس کی بے تمیزی پر بے حد غصّہ آیا۔ مگر کیا کرتا، مجبور تھا۔ وہ بینگا شتی تو میرے بس کا کام تھا نہیں۔

"آخر ہرج کیا ہے اگر تم ذرا دیر کے لئے وہاں بیٹھ جاؤ۔ مَیں تو صرف اگلے اسٹیشن تک یہاں بیٹھوں گا۔" یہ کہہ کر مَیں نے باقی آدمیوں کی طرف دیکھا، گویا میں اُن کی ہمدردی کا طالب ہوں، اور یہ اُمید رکھتا ہوں کہ وہ اپنے بیہودہ ساتھی کو اُس کی نامعقول ضد پر بُرا بھلا کہیں گے۔

مگر وہ چپ چاپ بیٹھے رہے۔ بے تعلقی کے انداز سے۔ اُنہوں نے میرے ساتھ کوئی ہمدردی نہیں کی۔

"تم شاید یہ سمجھ رہے ہو کہ مَیں بغیر ٹکٹ کے سفر کر رہا ہوں،" میں نے اُن سب سے مخاطب ہو کر کہا، "میرے پاس سیکنڈ کلاس کا ٹکٹ ہے۔"

لیکن اُنہوں نے اِس اطلاع کو غیر ضروری خیال کیا اور جواب دینے کی زحمت

بھی گوارا نہ کی۔

میں انتہائی نفرت اور غصے کے عالم میں اُن کی طرف پشت کر کے کھڑا ہو گیا، اور پتلون کی جیبوں میں ہاتھ ڈال کر گاڑی کے باہر سنٹرل انڈیا کے جنگلوں کو دیکھنے لگا۔ اِس دو کوڑی کے آدمی نے میری جو توہین کی تھی وہ یقیناً ناقابلِ برداشت تھی۔ لیکن اُس وقت میرے ذہن میں ریل کے یکایک چھوٹ جانے والا واقعہ اِس قدر تازہ تھا کہ میں زیادہ دیر تک اُس پر غور نہ کر سکا۔ "اگر میں اِس ڈبے تک نہ پہنچ سکتا اور گاڑی نکل جاتی تو کیسی مصیبت کا سامنا ہوتا!" "اگر میرا پاؤں پھسل جاتا!" "اگر گاڑی پر چڑھتے وقت میں گر پڑتا!" یہ اور اِس قسم کے خیالات اُس وقت میرے دماغ میں بھرے ہوئے تھے۔

مگر جب سفر ختم ہو گیا اور میں بمبئی پہنچ گیا تو مجھے بھینگے کی بدتمیزی کو یاد کر کے بہت غصہ آیا، اور پھر اُس کے بعد مدتوں اِس تلخ یاد نے میرا پیچھا نہیں چھوڑا۔ اکثر اُس بھینگے کا خیال آجاتا اور اُس وقت غصے کے مارے میرا بُرا حال ہوتا۔ میں دانت پیستا۔ مٹھیاں بھینچتا، اور دل ہی دل میں خواہش کرتا کہ کہیں، کسی طرح وہ بھینگا مل جائے اور میں طمانچوں، گھونسوں اور لاتوں سے اُس کی ایسی تواضع کروں کہ عمر بھر نہ بھولے۔ برسوں یہ حالت رہی۔ لیکن اب ——

اب یہ حالت ہے کہ روزانہ صبح کو جب اپنے خداوندِ نعمت عالی جناب خان بہادر صاحب کو دُور سے موٹر میں آتا ہوا دیکھتا ہوں تو منہ ہی منہ میں دس بیس گالیاں دیتا ہوں اِس خاموش خیر مقدم کے بعد کار کی کھڑکی کھولتا ہوں اور چہرے پر اطاعت اور مسکینی کے آثار پیدا کر کے کہتا ہوں، "آداب عرض سرکار!" پھر جوں ہی اُن کی پیٹھ مڑتی ہے میرے چہرے

سے اطاعت اور مسکینی کے آثار غائب ہو جاتے ہیں اور نفرت ہی نفرت رہ جاتی ہے بغرض کہ مجھے اُن سے بے انتہا نفرت ہے —— وہ نفرت جو آقا اور خادم کے درمیان لازمی طور پر پائی جاتی ہے، جو کہیں خوابیدہ ہوتی ہے اور کہیں بیدار، مگر ہوتی ضرور ہے۔ اگر خان بہادر صاحب میری تنخواہ دوگنی بلکہ چوگنی کر دیں تب بھی میں اُن سے نفرت کروں گا۔ میرے پاس اُن کے لئے نفرت کے سوا کچھ ہے ہی نہیں۔ جب تک وہ آقا ہیں اور میں خادم، نفرت کی یہ خلیج پاٹی نہیں جا سکتی۔ پھر اُنہیں سے نہیں، مجھے ہر اُس شخص سے نفرت ہے جو اُنہیں کی طرح واقع ہُوا ہے۔ جب میں ایک اجنبی کو دیکھتا ہوں کہ اُس کی توند پھولی ہوئی ہے، گلے چڑھے ہوئے ہیں، اور قیمتی لباس پہنے ہوئے ہے، تو میں اُس کے اندر اپنے خان بہادر صاحب کا عکس دیکھتا ہوں اور اُس سے اِتنی ہی نفرت کرتا ہوں جتنی خان بہادر صاحب سے کرتا چلا آیا ہوں۔

پھر اگر دس سال پہلے اُس بھینگے نے میرے ساتھ گستاخی کی تو کیا گناہ کیا۔ اُس نے بھی تو اُسی نفرت کا اظہار کیا جو میں زمانے بھر کے آقاؤں کے خلاف اپنے دل میں لئے پھرتا ہوں۔ اُس کا آقا یقیناً کوئی سخت گیر اور خود غرض انگریز یا انگریز نما ہندوستانی ہوگا جس کا عکس اُس نے میرے اندر دیکھا۔ اور پھر کھلم کھلا میری عدول حکمی کر کے اپنے دل کا بخار نکالا۔ حقیقت میں وہ اِس پر مجبور تھا۔ اس کے سوا وہ کچھ اور کر ہی نہیں سکتا تھا۔

چنانچہ اب میں اُس بھینگے کو یاد کر کے نہ تو دانت پیستا ہوں نہ مٹھیاں بھینچتا ہوں۔ اب میں سمجھتا ہوں کہ اُس کا طرزِ عمل بالکل فطری تھا اور حالات کے عین مطابق!

# شہزادہ

جب وزرائے حکومت اور ارکین سلطنت نے ایک جگہ جمع ہو کر اُس کو باریابی کا شرف بخشا اور بولنے کی اجازت دی تو اُس نے کہا "ایک شمع لائی جائے ـــــ مجھے ایک شمع کی ضرورت ہے!"

اُس نے اپنی عمر کا بڑا حصہ قید خانوں میں گزارا تھا، اور یورپ کی ہر بڑی سلطنت اُس کو گرفتار کر کے کچھ مدت کے لئے اپنا قیدی بنانے کا فخر حاصل کر چکی تھی۔ اِس وقت وہ جنوب مشرقی یورپ کی ایک چھوٹی سی نیم جاگیردارانہ حکومت کے قبضے میں تھا، اور ایک حقیر اور معمولی سے قید خانے کو رونق اور اہمیت بخش رہا تھا ـــــ رونق اس لئے کہ اُس کو دیکھنے کی غرض سے معتبر اور سر برآوردہ اشخاص روزانہ بہت بڑی تعداد میں آتے تھے۔ (وہ ایک عجیب قسم کا جانور تھا نا!) اور اہمیت اِس لئے کہ قید خانے کی اُس کوٹھری پر جس میں وہ بند تھا سارے یورپ کی نظریں جمی ہوئی تھیں۔

اُس کو کئی دن سے طرح طرح کی اذیتیں پہنچائی جا رہی تھیں تاکہ وہ تنگ آ کر اپنے باغیانہ مسلک سے توبہ کر لے اور اُس جماعت کو بے نقاب کر دے جس کا وہ ایک رُکن تھا چنانچہ اُس نے حکومت کی خدمت میں ایک درخواست پیش کی: "میں وزرائے حکومت اور ارکینِ سلطنت سے ملاقات کا شرف حاصل کرنا چاہتا ہوں.........."

اُس کی درخواست منظور ہوئی، اور جب وزرائے حکومت اور ارکینِ سلطنت نے ایک

جگہ جمع ہو کر اُس کو باریابی کا شرف بخشا اور بولنے کی اجازت دی تو اُس نے کہا، "ایک شمع لائی جائے ـــــ مجھے ایک شمع کی ضرورت ہے۔"

شمع لائی گئی۔

اُس نے شمع کو روشن کیا۔ اور قبل اِس کے کہ وزرائے حکومت اور اراکینِ سلطنت یہ سوچنا شروع کریں کہ اِس شخص کا دن میں شمع جلانے سے کیا مقصد ہو سکتا ہے، اُس نے اپنے بائیں ہاتھ کی ایک اُنگلی شمع کی لَو کے اُوپر رکھ دی۔

وزرائے حکومت اور اراکینِ سلطنت کی آنکھیں پھیل کر اُن کے چہروں پر چھا گئیں!

لَو کے دھوئیں سے پہلے تو اُنگلی سیاہ ہوئی اور اُس کے بعد جلنی شروع ہو گئی۔ تھوڑی دیر میں گوشت گل گل کر نیچے گرنے لگا۔

وہ خاموشی کے ساتھ بیٹھا شاہ وزرائے حکومت اور اراکینِ سلطنت کی پھٹی ہوئی نظروں کو دیکھتا رہا۔ اُس کے دانت بھنچے ہوئے تھے اور ہونٹوں پر ایک خوفناک طنز کی لہر دوڑ رہی ہوئی تھی۔

جب اُنگلی کا ایک حصہ اچھی طرح جل چکا تو اُس نے مؤدبانہ گزارش کی، "مجھے ایک چاقو عنایت کیا جائے۔"

چاقو لایا گیا اور اُس کو دیا گیا۔

چاقو سے اُنگلی کے جلے ہوئے حصے کو کاٹتے ہوئے اُس نے کہا، "میں اپنا سارا جسم اس طرح جلا سکتا ہوں اور جلوا سکتا ہوں، لیکن اپنے عقائد یا اپنی جماعت کے ساتھ دغا کرنے پر مجبور نہیں کیا جا سکتا۔"

یہ وہ شخص تھا جس نے بچپن کے بعد اپنی زندگی کا تین چوتھائی حصہ قیدخانوں میں بسر کیا۔ اُس کا بچپن محلوں میں بسر ہوا تھا، کیونکہ وہ ایک شہزادہ تھا ـــــ ایک عظیم المرتبت شاہی خاندان کا فرد!

# اٹھارہ آنے

سورج ڈوبنے سے ذرا پہلے سیٹھ جی کے مکان کا دروازہ بڑے زور کے ساتھ کھٹکھٹایا گیا گھر میں جتنے آدمی تھے ــــ سیٹھ جی، اُن کی بیوی، لڑکے لڑکیاں، نوکر چاکر، اور تین چار رشتے دار جو صبح سے اُن کے ہاں پناہ گزیں تھے ــــ سب کے کلیجے کانپنے لگے اور چہرے زرد پڑ گئے۔

"مسلمان غنڈے آن پہنچے!" ــــ یہ خیال یک بیک ہر شخص کے دل پر چھا گیا۔

گزشتہ شام کو قصبے کے بنیوں اور قرب و جوار کے مسلمان دیہاتیوں کے درمیان غلّے کی خرید و فروخت پر کچھ جھگڑا ہو گیا تھا۔ صبح تک اِس معمولی جھڑپ نے ہندو مسلم فساد کی شکل اختیار کر لی۔ قصبے میں مسلمانوں کی تعداد زیادہ تھی؛ مگر صاحبِ زر طبقہ حسبِ معمول ہندوؤں پر مشتمل تھا۔ چنانچہ ظاہر ہے کہ دولت مند مہاجنوں اور مالدار بنیوں کے لئے یہ وقت بہت ہی نازک تھا۔ اُن کو

---

اِس افسانے کی بنیاد ایک قصہ ہے جو مختلف طریقوں سے لوگوں میں بہت کافی مقبول ہے۔ منشی پریم چند نے بھی اسی بنیاد پر ایک افسانے کی تعمیر کی ہے، لیکن اپنا افسانہ لکھتے وقت مجھے منشی پریم چند مرحوم کے افسانے کا علم نہ تھا، اِس لئے میں نے اپنے افسانے کو ضائع کرنا ضروری نہیں سمجھا۔ اِس میں شک نہیں کہ بنیادی پلاٹ ایک ہونے کے سبب سے دونوں افسانوں کی جزئیات میں کہیں کہیں ایسی مماثلت پیدا ہو گئی ہے جو خود میرے لئے حیرت کا باعث ہے۔ (مصنف)

اپنی جان کی حفاظت کے علاوہ دھن دولت کی رکھوالی بھی کرنی تھی۔ سیٹھ جی قصبے کے سب سے بڑے رئیس تھے، اور درمیانی طبقے کے فاقہ کش مسلمانوں کی آنکھوں میں کانٹے کی طرح کھٹکتے تھے۔ اس لئے اور بھی کہ اُنہوں نے اپنی ساری دولت اِسی قصبے کے باشندوں کو لُوٹ کھسوٹ کر جمع کی تھی۔ بیس سال پیشتر جب وہ اس قصبے میں ایک پھٹا ہُوا کرتا اور ایک میلی کچیلی دھوتی پہنے ہوئے تن تنہا وارد ہوئے تھے تو اُس وقت اُن کی کل پُونجی ایک خوانچہ تھا جس میں اٹھارہ آنے کا مال تھا۔ بہت دنوں تک وہ اسی طرح گلیوں اور کوچوں میں گھوم پھر کر اپنا مال بیچتے رہے۔ اِس کے ساتھ ساتھ اُنہوں نے ایک دوسرا کاروبار بھی شروع کر دیا۔ یعنی کسی کو چار آنے ادھار دے دیئے کسی کو آٹھ آنے، کسی کو ایک روپیہ کسی کو ڈیڑھ روپیہ۔ کچھ دنوں بعد وہ ایک دوکان پر بیٹھ کر اپنا مال بیچنے لگے۔ پھر یہ دوکان ایک صرّافے میں تبدیل ہو گئی۔ سیٹھ جی نے زمینوں اور جائدادوں کو نیلام کرا کرا کے اپنی ملکیت بنانا شروع کیا، یہاں تک کہ قصبے کی قدرتی دولت کا ایک بہت بڑا حصّہ اُن کے تصرّف میں آ گیا۔ بیس سال کی مسلسل محنت اور پیہم جانفشانی کے بعد، اب وہ قصبے کے سب سے بڑے رئیس تھے۔ چنانچہ علی الصباح جب اُنہیں بلوے کی خبر ملی تو اُنہوں نے اپنے پختہ مکان کا بڑا دروازہ اندر سے مقفل کرا لیا اور متعلقین و ملازمین سمیت اس قلعے میں محصور ہو کر بیٹھ گئے۔ دن بھر یہ لوگ خوف و ہراس میں مبتلا رہے، اور سہمی ہوئی دعاؤں کے ساتھ بھگوان کو یاد کرتے رہے۔ مگر جس بات کا اندیشہ تھا وہ ہو کر رہی۔ یعنی شام ہونے سے ذرا پہلے مکان کا دروازہ بڑے زور کے ساتھ کھٹکھٹایا گیا۔ دستک کے انداز سے صاف ظاہر ہوتا تھا کہ دروازے پر دو ایک آدمی نہیں، بلکہ ایک پُورا مجمع ہے۔ سب کے چہرے زرد ہو گئے اور کلیجے کانپنے لگے۔ ہر شخص نے دل میں یہی سوچا کہ مسلمان غنڈے آن پہنچے۔

تین نوکروں نے سارا دن چھت پر گزارا تھا۔ وہ اب بھی پتھروں اور اینٹوں کے ایک بہت بڑے انبار کے درمیان وہیں موجود تھے۔ اُنہوں نے منڈیر پر سے جھانک کر نیچے دیکھا۔ وہاں نہ مسلمان غنڈے تھے، نہ ہندو لفنگے، بلکہ پولیس کے تقریباً نصف درجن آدمی خاکی وردیاں اور لال پگڑیاں پہنے ہوئے دروازے کو شدت کے ساتھ پیٹنے میں مصروف تھے۔

سیٹھ جی کو معلوم ہوا کہ دروازے پر پولیس کے آدمی ہیں تو اُن کی جان میں جان آئی۔ بالائی منزل کے ایک کمرے سے سیٹھ جی کے بھتیجے نے اپنا گھٹا ہوا سر باہر نکالا اور دستک دینے والوں سے چند سوالات کئے۔ جواباً اُنہیں بتایا گیا کہ شہر کے کلکٹر صاحب نے پولیس کے حکام کو بھیجا ہے اور وہ سیٹھ جی سے ملاقات کرنا چاہتے ہیں۔

اس معمولی تحقیق کے بعد دروازہ کھول دیا گیا۔ اور سیٹھ جی پولیس کے حکام کو نہایت عزت کے ساتھ اندر لے گئے۔ حکام کی اس جماعت میں ایک انسپکٹر، ایک سب انسپکٹر، ایک ہیڈ کانسٹیبل اور دو کانسٹیبل تھے۔ انسپکٹر اور سب انسپکٹر دونوں اپنے اپنے جوتوں سمیت صاف ستھری چاندنی پر چڑھ گئے، اور گاؤ تکیے کی ٹیک لگا کر قالین پر بیٹھ گئے۔ ہیڈ کانسٹیبل بھی جوتا پہنے پہنے چاندنی پر جا بیٹھا۔ کانسٹیبلوں نے البتہ ذرا تمیز اور انسانیت سے کام لیا۔ جوتا تو اُنہوں نے بھی نہیں اُتارا، لیکن اتنا ضرور کیا کہ چاندنی پر بیٹھنے کی بجائے دروازے کے پاس ہی اُکڑوں بیٹھ گئے، یعنی اُس جگہ جہاں انسپکٹر، سب انسپکٹر اور ہیڈ کانسٹیبل کو اپنے جوتے اُتار دینے چاہیئے تھے۔

"فرمائیے کیا حکم ہے؟" سیٹھ جی نے تعظیماً ہاتھ جوڑ کر عرض کیا۔

سیٹھ جی نے سب انسپکٹر صاحب کو اپنا مخاطب بنایا تھا۔ سب انسپکٹر صاحب نے انسپکٹر صاحب کی جانب دیکھا، اور اُنہوں نے کہنا شروع کیا، "بات یہ ہے رائے صاحب!

کہ بلوے کی اطلاع کلکٹر صاحب کو صبح سویرے ہی پہنچ گئی تھی اور ہم لوگ راج پور سے فوراً بلا لئے گئے تھے۔ مگر کپتان صاحب نے حکم جاری نہیں کیا تھا۔ اس لئے ہمیں دیر ہو گئی۔ ...... یوں سمجھئے کہ ...... اے ...... دیوان جی! کپتان صاحب کا حکم کس وقت ملا ہے ہمیں؟"

"یہی کوئی چار ساڑھے چار بجے ملا ہے حضور!" ہیڈ کانسٹیبل نے پھرتی سے جواب دیا۔

"وہ حکم تو ہوگا تمہارے پاس؟" سب انسپکٹر صاحب نے ضمناً کہا، "لائے ہو اپنے ساتھ؟"

"جی ہاں حضور، لایا ہوں ـــ بستے میں ہے ـــ باہر موٹر پہ ـــ حضور کہیں تو لاؤں"۔

یہ کہتے ہوئے دیوان جی اپنی جگہ سے اٹھنے کی کوشش کرنے لگے۔ مگر سب انسپکٹر صاحب فوراً انسپکٹر صاحب کی طرف متوجہ ہو گئے۔ اس لئے اُن کی کوشش جہاں تھی وہیں ختم ہو گئی۔

انسپکٹر صاحب نے اپنے کلام کا سلسلہ جاری رکھتے ہوئے کہا، "بس رائے صاحب! تو یہ سمجھیئے کہ حکم ملتے ہی ہم فوراً روانہ ہو گئے۔ اگر حکم جلدی مل جاتا تو آپ کو دن بھر یہ پریشانی اُٹھانی نہ پڑتی......"

"بڑی کرپا ـــ بڑی کرپا!" سیٹھ جی نے گھبراتے ہوئے اور کچھ نہ سمجھتے ہوئے کہا، "تو ـــ تو ـــ ہونہہ ـــ ہونہہ ـــ"

انسپکٹر صاحب نے سیٹھ جی کی گھبراہٹ اور الجھن کو تاڑ لیا اور بولے، "تو کلکٹر صاحب کی مہربانی سے یہ انتظام ہو گیا ہے کہ قصبے کے سارے رئیس اپنا اپنا مال شہر پہنچا دیں اور خزانے میں جمع کرا دیں۔ ہم لوگ اسی غرض سے آتے ہیں۔ کوتوال صاحب نے کہا تھا کہ سب سے پہلے رائے صاحب کے ہاں جائیے گا۔"

سب انسپکٹر صاحب ہیڈ کانسٹیبل اور کانسٹیبلوں سے مخاطب ہوئے، "معلوم ہوتا ہے،

اِس قصبے میں مسلمان غنڈوں کی تعداد بہت زیادہ ہے۔

"کچھ نہ پوچھئے حضور!" دیوان جی نے کہا، "ایک سے ایک چھٹا بدمعاش یہاں موجود ہے۔ بہت سے تو ایسے ہیں جو لمبی لمبی سزائیں کاٹ چکے ہیں......"

"یہ مسلمان تو سبھی غنڈے ہوتے ہیں سرکار!" ایک کانسٹیبل بولا "بھلا مانس تو ان میں ایک آدھ ہی ہوتا ہے۔ ہر وقت لڑنے مرنے پر تیار رہتے ہیں......"

سیٹھ جی کے سوا تقریباً ہر شخص نے "مسلمان غنڈوں" کے غنڈے پن پر اظہارِ خیال کیا۔ سیٹھ جی کچھ فکرمند معلوم ہوتے تھے۔

مسلمان غنڈوں کو جی بھر کر گالیاں دے لینے کے بعد انسپکٹر صاحب اُن کی طرف متوجہ ہوئے "تو رائے صاحب! ذرا جلدی کیجئے ہمیں لالہ مول چند سے بھی ملنا ہے......"

"مَیں یہ کہتا تھا" سیٹھ جی بولے، "کہ آپ...... میرا مطلب ہے، ٹھاکر رسال سنگھ نہیں آئے......" ٹھاکر رسال سنگھ قصبے کے تھانے دار کا نام تھا۔

"اجی رائے صاحب!" انسپکٹر صاحب نے قدرے بیزار اور بیقرار ہو کر کہا۔ "ٹھاکر رسال سنگھ کو اتنی فرصت کہاں ہے! وہ اپنے انتظامات میں مصروف ہیں۔ کل سے بیسیوں قتل ہو چکے ہیں......"

سب انسپکٹر صاحب پھر ہیڈ کانسٹیبل اور کانسٹیبلوں سے مخاطب ہوئے، "کیسے بُرے وقت ہوا ہے یہ بلوہ! اِدھر تحصیلدار صاحب بیمار ہیں، اُدھر ایس ڈی او چھٹی پر ہے......"

دیوان جی نے ہاں میں ہاں ملائی، اور تھوڑی دیر تک بلوے کی ہولناکیوں اور انتظامات کی غیر تسلی بخش حالت پر گفتگو ہوتی رہی۔ سیٹھ جی نے اِس گفتگو میں کوئی حصہ نہیں لیا، گو اُن کا منیجا اپنے گھٹے ہوئے سر پر ہاتھ پھیر پھیر کر خوب باتیں ملاتا رہا۔

پھر یکایک سیٹھ جی بولے، "ایک بڑی مشکل ہے انسپکٹر صاحب! میں اب اِس وقت گھر چھوڑ کر کیسے جا سکتا ہوں؟ بلوے کا زمانہ ہے۔ ایسی حالت میں......"

انسپکٹر صاحب نے جلدی سے کہا، "تو آپ کو ایسا کون سا بہت دُور جانا ہے۔ آدھ گھنٹے میں شہر پہنچ جائیے گا۔ وہاں آپ کو چند منٹ سے زیادہ نہیں لگیں گے......"

سب انسپکٹر صاحب بہت بے پروائی سے بولے "ہم لوگوں کو واپس تو آنا ہی ہے۔ آپ کو کار میں بٹھانے لے آئیں گے۔ ہمیں تو کئی پھیرے کرنے ہیں۔ لالہ موتی چند سے ملنا ہے، پنڈت سیتا رام سے ملنا ہے......"

"رات بھر کا چکر ہے حضور!" دیوان جی بولے۔

"رات بھر کا نہیں تو گیارہ بارہ بجے تک کا تو کام ہے ہی" سب انسپکٹر نے کہا۔

سیٹھ جی مطمئن ہو گئے اور چند رسمی اور غیر ضروری باتوں کے بعد "بڑی کرپا! بڑی کرپا!" کرتے ہوئے اندر گئے۔

تھوڑی دیر میں اُنہوں نے اپنی بیس سال کی کمائی باہر نکال کر رکھ دی ــــــ جواہرات سونے کے زیورات، چاندی کے ظروف، نوٹوں کی گڈیاں......

چیزوں کی فہرست بنانے لگے تو انسپکٹر صاحب نے کہا، "یہ کام تو آپ وہیں کیجئے گا۔ کلکٹر صاحب کے سامنے۔ اب یہاں زیادہ دیر کرنی مناسب نہیں۔"

سیٹھ جی مع اپنی بیس سال کی کمائی کے موٹر میں بیٹھ گئے اور موٹر روانہ ہوئی۔

"ذرا جلدی چلو بھئی!" انسپکٹر صاحب نے ڈرائیور سے کہا، "ابھی رائے صاحب کو واپس بھی لانا ہے۔"

"ہاں صاحب،" سب انسپکٹر صاحب بولے، "سیٹھ جی کو جلد سے جلد واپس گھر پہنچا دینا چاہیے۔ بلوے کا زمانہ ہے۔ بال بچے پریشان ہو گئے۔"

"اجی تو یہ کہئے،" انسپکٹر صاحب نے کہا، "بھلا کسی کی مجال ہے جو سیٹھ صاحب کے بال بچوں

کو آنکھ اُٹھا کر بھی دیکھ لے۔ آخر ہم کس لئے ہیں؟"

"آپ کی دیا ہے انسپکٹر صاحب،" سیٹھ جی نے ممنون ہو کر کہا، "میں تو آپ کی رعایا ہوں۔"

"اجی رائے صاحب!" انسپکٹر صاحب اُچھل کر بولے، "بھلا آپ کیسی باتیں کرتے ہیں۔ ہم تو آپ کے خادم ہیں۔ آپ کی خدمت بجا لانا ہمارا فرض ہے۔ اور پولیس کا سب سے پہلا کام تو آپ کے جان و مال کی حفاظت ہے۔ آپ اِس قصبے کے سب سے بڑے رئیس ہیں....."

"یہ سب بھگوان کی دیا ہے اور آپ کی دعاؤں کا اثر ہے،" سیٹھ جی نے کہا، "ورنہ آپ جانتے ہیں کہ میں تو ایک غریب دیہاتی کا بیٹا ہوں۔ آج سے بیس سال پہلے میں اس قصبے میں اٹھارہ آنے لے کر آیا تھا۔ آج بھگوان کی دیا سے......"

"اٹھارہ آنے!" پولیس کے حکام نے بیک وقت حیرت زدہ ہو کر کہا۔

"جی ہاں، میں اٹھارہ آنے کا سودا لے کر اِس قصبے میں آیا تھا۔ یہ سارا دھن اُسی کی پیداوار ہے۔"

پولیس کے حکام نے تحسین و آفرین کے نعرے بلند کئے:۔

"خوب! بہت خوب!"

"کیا کہنا ہے سیٹھ جی! واہ واہ!"

"اجی آپ اِس کو اٹھارہ آنے کی پیداوار کیوں کہتے ہیں؟ اپنی محنت اور مشقت کی پیداوار کہیئے!"

"بے شک! بے شک! یہ سیٹھ جی کی محنت اور ایمانداری کا پھل ہے!"

سیٹھ جی پھول کر کپّا ہو گئے۔ مزے میں آکر کہنے لگے، "آگے چل کر یہ سڑک جہاں

مڑتی ہے بس وہیں میرا گاؤں ہے۔ آج سے بیس سال پہلے اٹھارہ آنے کا سودا ایک خوانچے میں رکھ کر میں اپنے گاؤں سے چلا تھا اور اسی سڑک پر ہوتا ہوا قصبے میں داخل ہوا تھا......؟

وہ اپنے مہاجنی سفر کی ابتدا کا قصہ بیان کر رہے تھے کہ اتنے میں کار سڑک کے اس موڑ پر پہنچ گئی جہاں اُن کا گاؤں واقع تھا۔

"ٹھہرو!" انسپکٹر صاحب نے ڈرائیور کو حکم دیا۔

کار رُک گئی!

انسپکٹر صاحب نے کار سے اُتر کر چاروں طرف ایک سرسری نظر ڈالی اور کہا، "رائے صاحب! کس طرف ہے آپ کا گاؤں؟"

سیٹھ جی کار سے اُترے اور ہاتھ کے اشارے سے اپنا گاؤں بتانے لگے۔ "وہ ——— وہ دیکھئے ——— وہ جو درختوں کا ایک جھنڈ نظر آرہا ہے......"

لیکن انسپکٹر صاحب نے درختوں کے جھنڈ کو دیکھنے کی کوشش نہیں کی۔ انہوں نے اپنی جیب میں ہاتھ ڈالا اور کچھ نکالتے ہوئے بولے، "تو رائے صاحب آپ اٹھارہ آنے اس جگہ سے لے کر روانہ ہوئے تھے؟"

"جی ہاں، میں اٹھارہ آنے کا سودا لے کر اسی راستے سے قصبے میں....."

"تو یہ لیجئے اٹھارہ آنے حاضر ہیں!"

سیٹھ جی انسپکٹر صاحب کا منہ دیکھنے لگے۔

"لیجئے بھی تکلف کیا ہے؟"

سیٹھ جی کی سمجھ میں کچھ نہیں آیا۔

"لیجئے، رائے صاحب!" انسپکٹر صاحب نے اصرار کے ساتھ کہا، "اپنے اٹھارہ آنے واپس لیجئے۔ آپ تو اس رقم کو بہت بڑی دولت میں تبدیل کر سکتے ہیں۔ ایک دفعہ آپ نے ایسا کیا، اب ہماری خاطر سے ایک دفعہ اور سہی۔" اور انہوں نے زبردستی سیٹھ جی کے ہاتھ میں پیسے دے دیئے۔

"اچھا اب بیس سال کے بعد ہم آپ سے پھر ملاقات کریں گے!" یہ کہہ کر انسپکٹر صاحب کار میں بیٹھ گئے اور کار روانہ ہو گئی۔

سیٹھ جی کو ہوش آیا تو ان کے چاروں طرف ایک خوفناک اندھیرا چھایا ہوا تھا۔ اس اندھیرے میں ان کو دو چمکتی ہوئی چیزیں اپنی ہتھیلی پر نظر آئیں —— ایک روپیہ اور ایک دونّی!

یہ شاید ایک دوسرے مہاجنی سفر کی ابتدا تھی!

# لو ایک قصّہ سُنو!

"میں بھاٹو میں نہیں رہ سکتا۔ ہندوستان واپس آ رہا ہوں!"

چھوٹے بھائی کے متعدد خطوط جو اِس مضمون پر مشتمل تھے برما سے آ چکے تھے۔ میری کاہلی جواب لکھنے کی اجازت ہی نہ دیتی تھی۔ روز ارادہ کرتا تھا اور روز یہ ارادہ ملتوی ہو جاتا تھا۔ جب نصف درجن خطوط جمع ہو گئے اور یوں بھی اپنی خیریت کا خط لکھے بغیر کم و بیش دو مہینے گذر چکے، تو ایک دن غیر معمولی عزم سے کام لے کر کاغذ اور قلم دوات لے کر بیٹھا، اور تہیّہ کر لیا کہ نہایت مفصّل خط لکھوں گا تاکہ ننّن میاں ہندوستان واپس آنے کے خیال سے تائب ہو کر بھاٹو میں اپنا قیام جاری رکھنے پر مجبور ہو جائیں۔

---

ننّن میاں! خدا تمہیں خوش رکھے! تم خدا کو سرمایہ داروں کے دماغ کی پیداوار سمجھتے ہو۔ لیکن مَیں اُس خدا پر ایمان رکھتا ہوں جس کا وجود سرمایہ داروں کے وجود سے بہت پُرانا ہے۔ اِس لئے بھائی! مَیں تو اپنا خط اِسی دعا سے شروع کروں گا کہ خدا تمہیں خوش رکھے، نیک اعمال کی توفیق دے اور ایمان کی روشنی عطا فرمائے! آمین! لو، ایک قصّہ سنو! "ایمان کی روشنی" پر یاد آ گیا۔

بہت دنوں کی بات ہے، مَیں برسات کا لُطف اُٹھانے کیلئے مہرولی میں یوسف کے ہاں مقیم تھا۔ ایک دن قطب مینار کی سیر کو گئے۔ ہم لوگ ہانپتے کانپتے سیڑھیوں پر چڑھ رہے تھے۔ ہمارے پیچھے پیچھے نوجوانوں کی ایک ٹولی تھی، اور کہیں اُن کے قریب ہی کچھ برقع پوش عورتیں تھیں۔ عورتیں برقع پوش ضرور تھیں، مگر اُن کے چہرے بے نقاب تھے، اور وہ آزادی کے ساتھ ہنستی بولتی، قہقہے لگاتی، اور "ہائے اللہ" اور "ہے ہے" کی دلفریب چیخیں بلند کرتی ہوئی غیر مردوں کے دوش بدوش سیڑھیاں طے کر رہی تھیں۔ ماحول کی تبدیلی بھی کیسی عجیب چیز ہوتی ہے ننّن میاں! ذرا غور کرنے کی بات ہے۔ یہی عورتیں جو شہری زندگی اور معاشری زندگی کی حدود میں رہتے ہوئے شاید اپنی جھلک بھی دکھانا گوارا نہ کریں، اب اُس زندگی سے دور ــــــ بلکہ بلند ـــــ ہو کر اپنے آپ کو کس قدر آزاد محسوس کر رہی تھیں! خیر؛ تو نوجوانوں کی اُس ٹولی میں ایک بگڑے دل بھی موجود تھے۔ وہ چار گوری چٹی صورتیں جو دیکھیں تو اُتر آئے شرارت پر۔ اپنے کسی ساتھی سے بولے، "اماں یار، روشنی تو یہاں بہت ہے، پھر لالٹینوں کی کیا ضرورت ہے؟" اُن عورتوں کے ساتھ ایک بوڑھی عورت تھی۔ اُس نے پٹ سے جواب دیا، "میاں صاحبزادے! ایمان کی روشنی چاہیئے۔ یہ لالٹینیں تو بہت جلدی بجھ جائیں گی۔" نہ پوچھو کیا حال ہوا سننے والوں کا۔ جتنے تھے سب پر گھڑوں پانی پڑ گیا۔ کیا منہ توڑ جواب دیا ہے بڑھیا نے! کمال کر دیا۔ سچ مچ افلاطون کی نانی تھی کم بخت! تو غرض یہ ہے ننّن میاں! کہ ایمان کی روشنی بڑی چیز ہے۔

اب تک جو کچھ لکھا گیا وہ تمہید کے طور پہ تھا۔ اب کام کی باتیں سنو۔ ماموں جان کے خطوط سے اور خود تمہاری تحریروں سے یہ معلوم ہوا کہ بھاموں میں تمہارا جی نہیں لگتا، اور تم وہاں رہنا فضول سمجھتے ہو۔ مَیں نے اپنے پچھلے خط میں یہ لکھا تھا کہ تم اپنے آپ کو مطالعے

میں مصروف کرو۔ اس سے اُن فائدوں کے علاوہ جو مطالعے سے حاصل ہوتے ہیں، ایک بڑا فائدہ یہ ہوگا کہ تم اپنا وقت آسانی کے ساتھ کاٹ سکو گے۔ لیکن تم نے میرے اِس خیال کو مہمل سمجھا۔ بات بھی ٹھیک ہے۔ پڑھنے سے تمہیں دلچسپی بھی ہی کب جواب ہوگی۔ جب طالب علمی کے زمانے میں نہیں پڑھا اور لغو سیاسی مشاغل میں وقت ضائع کیا تو اب کیا خاک پڑھو گے۔ تم کو پڑھنے کا مشورہ دینا واقعی ایک فضول اور مہمل سی بات ہے۔ مگر ننّن میاں! تمہارا یہ خیال بالکل غلط ہے کہ میں چونکہ بھاموجیسے وحشت خیز مقام پر نہیں رہا ہوں، اور گھر سے نکل کر کہیں گیا ہوں تو انگلستان گیا ہوں، اِس لئے تمہاری پریشانی اور بے لطفی کا اندازہ نہیں کرسکتا۔ یقین مانو میں تمہاری دماغی حالت اور قلبی کیفیت سے اتنا واقف ہوں جتنے تم خود بھی نہیں۔ اِس کی وجہ یہ نہیں ہے کہ میں کوئی صاحب کرامات بزرگ ہوں اور غیب کا حال جانتا ہوں، بلکہ صرف یہ کہ میں بھی اِن حالات سے دوچار ہو چکا ہوں اور یہ آفت مجھ پر بھی بیت چکی ہے۔ تم نے میرے لندن جانے کا ذکر ناحق کیا۔ میں اس کی شکایت نہیں کرتا کہ تم نے میرے اُوپر ایک ہلکی سی چوٹ کی اور ایک لطیف طنز سے کام لیا، بلکہ صرف یہ کہنا چاہتا ہوں کہ تم نے اپنی موافقت میں کوئی بات نہیں کہی، جو کچھ کہا میری موافقت میں کہا۔ سوچ سمجھ کے بات کیا کرو ننّن میاں! کیا تم نہیں جانتے کہ جس دن میں لندن پہنچا اُس کے دوسرے دن لندن سے متنفر ہو گیا اور وطن کی یاد میں آنسو بہانے لگا؟ تہذیبِ جدید کا یہ عظیم الشان مرکز اپنی گوناگوں رعنائیوں، دلچسپیوں اور مصروفیتوں کے باوجود میری توجہ کو جذب نہ کر سکا۔ چنانچہ چند ماہ نہایت بدمزگی کے ساتھ گزارے اور ہندوستان واپس آ گیا۔ میری زندگی کے اِس افسوس ناک واقعے سے تم کیا نتیجہ نکالو گے؟ یہی نا کہ پردیس میں جی کا لگنا، دیس کی رنگینی یا بے رنگی پر منحصر نہیں۔ اگر آپ بھاموں میں رہ کر وطن کے لئے بے قرار رہتے ہیں تو لندن میں بھی

آپ کا یہی حال ہو سکتا ہے۔

بات یہ ہے ننّن میاں! کہ انسان جب اپنے وطن اور اہلِ وطن سے جدا ہو کر کسی اجنبی ملک میں جاتا ہے تو اکثر و بیشتر "ہوم سِک" ہو جاتا ہے۔ "ہوم سِک نِس" ایک عام مرض ہے اور بہت سے "غریب الوطن" اِس بیماری کا شکار ہوتے ہیں۔ اِس میں بچّوں، بوڑھوں، مردوں اور عورتوں کی تخصیص نہیں۔ نہ بجاموا اور لندن یا مسقط اور پیرس کی تخصیص ہے لو! ایک قصہ سنو!

میں جس زمانے میں لندن میں تھا اُس زمانے میں وہاں ایک ہندوستانی ریستوراں "کوہِ نور ریستوراں" کے نام سے جاری تھا۔ یہ ٹاٹنہم کورٹ روڈ یعنی لندن کے عین مرکزی علاقے میں واقع تھا۔ دو بھائی جو ہماری اپنی دہلی کے ایک کاسنتھ گھرانے سے تعلق رکھتے تھے اس کو چلا رہے تھے۔ میں تو لندن پہنچ کر دہلی کے لذیذ اور چٹپٹے کھانوں کو ترس ہی گیا تھا۔ یہ حالت تھی کہ بریانی، شامی کباب، روغن جوش اور ٹمیا محل کی نہاری کے مزے یاد آتے تو سچ مچ منہ میں پانی بھر آتا۔ چنانچہ "کوہِ نور" کا کھانا میرے لیے حقیقتاً نعمتِ غیر مترقبہ کی حیثیت رکھتا تھا۔ میں ہر دوسرے تیسرے دن کئی میل کا سفر کر کے وہاں پہنچتا اور اُن کا ڈھائی شلنگ کا ڈنر کھاتا۔ کسی اور دن جاؤں یا نہ جاؤں، اتوار کو ضرور جاتا تھا، کیونکہ اُس دن جلیبیاں بھی ڈنر کا ایک جزو ہوتی تھیں۔ تو ننّن میاں! قصہ یہ ہے کہ ایک اتوار کی شام کو میں وہاں بیٹھا کھانا کھا رہا تھا۔ اُس وقت میرے سوا وہاں کوئی اور نہ تھا، کیونکہ اصل میں ابھی ڈنر کا وقت نہیں ہوا تھا اور میں جلیبیوں کے لالچ میں ذرا وقت سے پہلے ہی پہنچ گیا تھا۔ میں نہایت اطمینان کے ساتھ کھانا کھانے میں مشغول تھا کہ ایک اور صاحب تشریف لائے۔ میں نے ایک نظر میں صرف اتنا دیکھا کہ وہ ہندوستانی ہیں۔ اِس سے زیادہ

دیکھنے کی ضرورت بھی نہیں تھی۔ مغرب کے بڑے بڑے شہروں میں لوگ اپنے کام سے کام رکھتے ہیں۔ دوسروں کو بے سبب گھورنا یا اُن کے کاموں میں دخل دینا وہاں بدتہذیبی خیال کی جاتی ہے۔ اور اصل یہ ہے کہ اِن فضول باتوں کے لئے اُن کے پاس وقت بھی نہیں ہوتا۔ یہ صاحب آئے اور مجھ سے تھوڑے فاصلے پر بیٹھ گئے۔ میں اپنے کھانے میں مشغول رہا اور اُن کی طرف کوئی توجہ نہیں کی۔ ایک آدھ اُچٹتی ہوئی نظر اُن کے چہرے پر پڑ گئی ہو تو اُس کی مجھے خبر نہیں۔ تھوڑی دیر میں بیرا آیا اور یہ پوچھنے کے لئے کہ آپ کے واسطے کیا چیز حاضر کی جائے اُن کے پاس گیا۔ جونہی اُن کے منہ سے پہلا لفظ نکلا میں چونک پڑا۔ میں اُن کی آواز پہچانتا تھا! آوازوں کو یاد رکھنے میں میرا حافظہ بہت اچھا کام کرتا ہے۔ لو ایک قصہ سنو!

یہ کوئی بارہ سال پہلے کی بات ہے۔ میں دلی سے بریلی بڑے ابا کے ہاں جا رہا تھا۔ علیگڑھ سے جو گاڑی لی اس میں بہت بھیڑ تھی۔ انٹر کھچا کھچ بھرا ہوا تھا۔ بڑی مشکل سے تھرڈ میں جگہ ملی۔ ایک کونے میں دبک کر بیٹھ گئے۔ اتنی بھی گنجائش نہ تھی کہ آزادی کے ساتھ اِدھر اُدھر مڑ کر دیکھ سکیں۔ بس جہاں بیٹھے ہو وہیں بت بنے بے حس و حرکت بیٹھے رہو۔ خیر بیٹھ گئے اور گاڑی چل پڑی۔ علیگڑھ کے اسٹیشن سے نکلے ہی تھے کہ ڈبے میں ایک سحر آفرین نغمہ بلند ہوا۔ کیا خبر تھی کہ مسافروں کی اِس بھیڑ میں ایک جادو نوا مغنی بھی ہے۔ یہ شخص مجھ سے بہت دور بیٹھا تھا، اور چونکہ میری پشت اُس کی طرف تھی میں اُس کو دیکھ بھی نہ سکتا تھا۔ دیکھنے کی میں نے کوشش بھی نہیں کی۔ اُس کے گانے کو سرودِ خانۂ ہمسایہ سمجھ کر سننے لگا۔ کیا بتاؤں اُس کی بھاری آواز میں کتنا درد اور کتنی گھلاوٹ تھی۔ طبیعت پر نشہ سا چھا گیا۔ سفر کی ساری کلفت دور ہو گئی۔ علیگڑھ اور بریلی کے درمیان یہ شخص وقتاً فوقتاً گاتا رہا۔ اور اُس کے گانے کی وجہ سے سفر خاصا دلچسپ رہا۔ لطف کی بات یہ ہے کہ اتنے لمبے سفر کے دوران میں میں نے اُس کی ایک جھلک بھی نہیں دیکھی۔ بریلی پہنچنے کے تین چار دن بعد تمام

کے وقت ہم سب، کوئی سات آٹھ آدمی، مکان کے سامنے چبوترے پر مونڈھے اور کرسیاں ڈالے بیٹھے تھے۔ ایک صاحب جو اپنی وضع قطع سے ایک قلندرانہ شان کے بزرگ معلوم ہوتے تھے تشریف لائے۔ گٹھا ہُوا جسم، گھنی سیاہ داڑھی، آنکھوں میں سُرمہ، کالا تہمد اور گہرے کتھئی رنگ کا گھٹنوں سے نیچا کرتا ——— وہ یقیناً کوئی صوفی تھے۔ آتے ہی بڑے ابا سے بغل گیر ہوئے اور بلند آواز سے باتیں کرنے لگے۔ مَیں اُن کی آواز سُن کر اُچھل پڑا۔ مَیں نے کہا، ”حضرت! میرا خیال ہے آپ تین چار دن ہوے بریلی تشریف لائے تھے۔“ کہنے لگے، ”جی ہاں، آپ کو کیسے معلوم؟ آپ بھی شاید اُسی گاڑی سے آئے ہوں گے۔“ مَیں نے کہا، ”آیا تو مَیں بھی اُسی گاڑی سے تھا، لیکن مَیں نے آپ کو دیکھا نہیں۔“ ”پھر آپ کو کیسے معلوم ہُوا کہ مَیں اُس گاڑی سے بریلی آیا؟“ اُنہوں نے حیرت کے ساتھ سوال کیا۔ غرض کہ اُن کے ساتھ بڑی دلچسپ گفتگو رہی، اور آخر میں جب مَیں نے اُنہیں بتایا کہ مَیں نے آپ کو آپ کی آواز سے پہچانا تو وہ بہت متحیّر ہوئے۔ اُس کے بعد بڑی دیر تک ہم نے اُن کا گانا بھی سُنا۔

تو بھن میاں! بات یہ ہے کہ مَیں آدمی کو اُس کی آواز سے پہچان لیتا ہوں۔“ کوہ نور“ میں بھی یہی ہُوا۔ جونہی وہ صاحب بولے، میں اُن کو پہچان گیا۔ وہ ڈاکٹر نصیر تھے جو کئی سال دہلی کے سول ہسپتال میں ہاؤس سرجن رہ چکے تھے۔ اُنہوں نے مجھے اپنی طرف غور سے دیکھتے ہوئے پایا تو وہ بھی مجھے پہچان گئے۔ فوراً بولے، ”آپ دہلی سے تشریف لائے ہیں؟“ مَیں نے کہا، ”جی ہاں، معاف کیجیئے گا ڈاکٹر صاحب! مَیں نے اب تک آپ کو پہچانا نہیں تھا۔“ بولے، ”ہاں، مَیں بھی آپ کو نہیں پہچان سکا تھا۔“ پھر مَیں نے کہا، ”بہت کافی تبدیلی ہوگئی آپ میں دو تین مہینے کے اندر!“ اُنہوں نے لندن پہنچ کر نہ

صرف داڑھی منڈادی تھی بلکہ مونچھیں بھی صاف کردی تھیں، اور میرا اشارہ اسی تبدیلی کی طرف تھا۔ وہ ہنسنے لگے۔ "اور آپ پہلے کی نسبت کچھ دُبلے بھی معلوم ہوتے ہیں،" میں نے اپنے تبصرے کو جاری رکھتے ہوئے کہا۔ کہنے لگے، "جی ہاں، میری صحت یہاں آکر کچھ اچھی نہیں رہی۔ شروع میں دو تین مہینے تو "ہوم سِک" رہا اور اب اکثر قبض کی شکایت رہنے لگی ہے......" "ہوم سِک!" سنتے ہو بھّن میاں! ڈاکٹر نعیم لندن پہنچ کر "ہوم سِک" ہو گئے! اور دو تین مہینے تک "ہوم سِک" رہے، اس قدر "ہوم سِک" کہ اُن کی صحت پر بُرا اثر پڑا اور صورت پہچاننی مشکل ہو گئی!

مطلب یہ ہے کہ جب ایک شخص! اپنے گھر سے دُور پردیس میں جاکر رہے گا تو وہ پردیس خواہ باغِ ارم ہو خواہ ویرانہ، اُس کا "ہوم سِک" ہو جانا تقریباً لازمی ہے۔ جو لوگ تعلیم کے لئے یا کسی اور غرض سے یورپ جاتے ہیں اُن میں سے اکثر و بیشتر اس دماغی بیماری میں کم از کم کچھ دنوں کے لئے ضرور مبتلا ہو جاتے ہیں، حالانکہ یورپ کے وہ مقامات جہاں یہ لوگ جاکر ٹھہرتے ہیں رونق، چہل پہل اور گہما گہمی میں اپنی نظیر نہیں رکھتے۔ میں نے اندازہ لگایا ہے کہ یہ بیماری عام طور پر دو ڈھائی مہینے رہتی ہے، اُس کے بعد ختم ہو جاتی ہے۔ اگر کوئی شخص جلد سے جلد اس کے اثر سے نجات پانا چاہے تو اُس کی یہی صورت ہے کہ وہ اپنے آپ کو کسی نہ کسی کام میں مصروف کرے اور کسی نہ کسی چیز میں دلچسپی لینا شروع کردے۔ مصروفیت اور دلچسپی! مصروفیت اور دلچسپی! مصروفیت اور دلچسپی! یہی دو چیزیں ہیں جو تمہاری بددلی کا علاج کرسکتی ہیں اور تمہاری بدمزگی کو دُور کرسکتی ہیں۔ اور اسی بنا پر میں نے تمہیں لکھا تھا کہ تم اپنے آپ کو مطالعے میں مصروف کرو۔

یوں بھی مطالعہ ایک اچھی اور ضروری چیز ہے۔ اگر تم مطالعے کو اپنے مشاغل کا ایک

اہم جزو نہ بناؤ گے تو کیا دیس اور کیا پردیس، ہر جگہ تمہاری زندگی اجیرن ہو سکتی ہے۔ یار دوستوں کے ساتھ ہو، حق کرنے میں انسان ——— ایک معقول انسان! ——— اپنی ساری زندگی نہیں گزار سکتا۔ ایک وقت آتا ہے جب وہ اِس روش سے اُکتا جاتا اور اُس کے فضول اور لغو ہونے کا قائل ہو جاتا ہے۔ لو، ایک قصہ سُنو!

اصل میں یہ کوئی قصہ نہیں ہے، بلکہ میں ایک مشہور مصنف کا قول دہرانا چاہتا ہوں۔ سامرسٹ مام کا نام بھلا تم نے کا ہے کو سُنا ہو گا۔ وہ انگریزی زبان کا ایک بلند پایہ ڈرامہ نگار اور افسانہ نویس ہے۔ اُس نے کسی جگہ لکھا ہے کہ صرف وہی لوگ بے دلی، افسردگی اور اُکتاہٹ کا شکار رہتے ہیں جو اندر سے کھوکھلے ہوتے ہیں، اور صرف اسی قسم کے لوگ ہی اپنا دل بہلانے کے لئے خارجی دنیا کے محتاج ہوتے ہیں۔ حقیقت بھی یہی ہے۔ دنیا میں بکثرت لوگ ایسے ہیں جو تعلیم یافتہ ہوتے ہوئے بھی علمی افلاس اور ذہنی بے مائگی میں مبتلا ہیں۔ وہ حصولِ مسرت کے ذرائع ہمیشہ خارجی دنیا میں تلاش کرتے ہیں، اور اِسی تلاش میں سرگرداں رہتے ہیں۔ اُن میں سوچنے سمجھنے کی صلاحیت نہیں ہوتی۔ اُن کی زندگی کے دن، مہینے اور سال گزرتے چلے جاتے ہیں، لیکن کبھی اس بات کی نوبت نہیں آتی کہ وہ اپنے دل کو ٹٹولیں، روح کی گہرائیوں کا جائزہ لیں اور اندرونی کیفیات کا تجزیہ کریں۔ میرے نزدیک ایسے لوگوں کی زندگی گدھوں کی زندگی سے کچھ زیادہ مختلف نہیں ہوتی۔

اِس لئے میرا مشورہ ہے نثّن میاں! کہ تم اِس بات کا بالکل خیال نہ کرو کہ بھاموا ایک ویران، پس ماندہ، اور غیر مہذب مقام ہے۔ اپنے آپ کو مطالعے میں مصروف کر دو، اور کتابوں میں دل لگاؤ۔ تمہارے خالی لمحات کو پُر کرنے کے لئے مطالعہ بہترین چیز ثابت ہو گا۔ اور ہاں، ایک بات اور ذہن میں آئی۔ کیا تم سمجھتے ہو کہ دنیا کے ویران، پس ماندہ اور غیر مہذب مقامات

اپنے اندر کوئی دلکشی نہیں رکھتے؟ کیا بھاموہیں انسانی زندگی اور انسانی معاشرت نہیں ہے جس کا مطالعہ کیا جا سکے؟ کیا وہاں صبح و شام کے مناظر، بہتے ہوئے دریا، کھلے ہوئے میدان اور گھنے جنگل نہیں ہیں جن میں قدرت کی جلوہ آرائیوں کا مشاہدہ کیا جا سکے؟ مجھے یقین ہے کہ وہاں یہ سب کچھ ہے اور کسی ذی ہوش اِنسان کو یہ حق حاصل نہیں کہ وہاں رہ کر اِن چیزوں کی طرف سے آنکھیں بند کرلے اور ایک تنگ و تاریک کمرے میں بیٹھ کر دہلی، لکھنؤ اور لاہور کی ہنگامہ پرور صحبتوں کی یاد میں ٹھنڈی ٹھنڈی آہیں بھرے اور اپنی محرومی پر آنسو بہائے۔ مَیں اِس عقیدے کا انسان ہوں ننّن میاں! کہ آدمی اگر قطب شمالی پر بھی جاکر رہے تو اُس کے پاس بیکار اور نکمّا رہنے کی کوئی وجہ نہیں ہو سکتی۔ وہ وہاں بھی اپنا وقت مفید مشاغل میں گزار سکتا ہے۔ یاد رکھو دنیا میں بہت کم لوگ اتنے خوش قسمت ہوتے ہیں کہ اُن کو گھر سے باہر نکلنے اور دنیا دیکھنے کا موقع ملے۔ پھر لائقِ افسوس ہیں وہ لوگ جن کو ایسا موقع ملتا ہے اور وہ اُس سے فائدہ نہیں اُٹھاتے۔ مجھے بھی قدرت نے ایک مرتبہ ایسا ہی بیش بہا موقع عطا کیا تھا۔ لیکن مَیں اُس سے مستفید نہیں ہُوا کیونکہ میں اُس وقت اِتنا ہی نادان تھا جتنے کہ آج تم ہو۔ زندگی کو دیکھنے، سمجھنے اور محسوس کرنے کی جو تڑپ آج میرے اندر ہے وہ اُس وقت نہ تھی۔ حیاتِ انسانی کا ٹھاٹھیں مارتا ہُوا سمندر میرے چاروں طرف پھیلا پڑا رہا، لیکن مَیں نے اُس کی طرف توجہ نہ کی۔ اور آج یہ حالت ہے کہ گویا زندگی کے خشک رتیلے ساحل پر ماہیٔ بے آب کی طرح پڑا تڑپتا ہوں افسوس! افسوس! افسوس! مگر اب افسوس کرنے سے بھی کیا حاصل؟ خدا سے دعا ہے ننّن میاں! کہ تمہیں اِس طرح کبھی نہ پچھتانا پڑے!

بات میں سے بات نکلتی ہے۔ سیاحت و سفر کا ایک بہت بڑا فائدہ یاد آیا جن لوگوں

کو اِس بات کا موقع ملتا ہے کہ وہ گھر سے نکل کر پردیس میں رہیں اور مختلف مقامات دیکھیں اُن میں ایک خوداعتمادی اور ذہن و کردار کی ایک پختگی پیدا ہو جاتی ہے اور یہ خوبیاں اُن لوگوں میں نسبتہً کم پائی جاتی ہیں جن کو سیر و سیاحت کے مواقع میسر نہیں آتے۔ لو، ایک قصہ سُنو!

ابھی پچھلے دنوں ناصر بھائی نے اپنے ایک عزیز دوست سلمانی صاحب سے میری ملاقات کرائی۔ وہ دریا گنج میں رہتے ہیں۔ ایک دن انہوں نے مجھے اور ناصر بھائی کو مع ہمارے چند دوسرے احباب کے ڈنر پہ مدعو کیا۔ کھانا کھانے کے بعد ہم لوگ کوٹ اور شیروانیاں اُتار کر بہت دیر تک اُن کے خانہ باغ میں بیٹھے باتیں کرتے رہے۔ باتیں کرتے کرتے ناصر بھائی نے کہا، "کیوں نہ ہم لوگ ذرا ٹہلتے ہوئے فیروز شاہ کے کوٹلے تک ہو آئیں؟" سب نے اِس تجویز سے اِتفاق کیا۔ اور مسز سلمانی نے بھی اجازت دے دی۔ رات کے نو بج چکے تھے اور یوں بھی دریا گنج سے فیروز شاہ کا کوٹلہ دُور کتنا ہے! چنانچہ ہم سب جس طرح بیٹھے تھے اُسی طرح چلنے کے لئے کھڑے ہو گئے۔ لیکن سلمانی صاحب نے کہا، "ذرا ٹھہریئے، مَیں ابھی آتا ہوں،" اور کوٹھی کے اندر چلے گئے۔ مَیں سمجھا کپڑے پہننے گئے ہیں۔ مگر ناصر بھائی اور مسز سلمانی نے ایک دوسرے کو معنی خیز نظروں سے دیکھا اور دونوں ہنس ہنس کر باتیں کرنے لگے۔ ناصر بھائی مجھ سے بولے، "جانتے ہو یہ کہاں گئے ہیں؟" مَیں نے کہا، "مَیں تو نہیں جانتا"۔ "اپنی والدہ سے اجازت لینے گئے ہیں،" ناصر بھائی نے کہا۔ "اجازت! کس بات کی اجازت؟" مَیں نے پوچھا۔ "اجازت اِس بات کی فیروز شاہ کے کوٹلے تک ٹہل آئیں،" ناصر بھائی نے ہنستے ہوئے کہا۔ مسز سلمانی بھی ہنسنے لگیں۔ مَیں اِس مذاق کو خاک نہیں سمجھا۔ بیوقوفوں کی طرح اُن

دونوں کا منہ تکنے لگا۔ بالآخر ناصر بھائی نے مجھے بتایا کہ سلمانی صاحب آج تک اپنی والدہ کی اجازت کے بغیر کبھی گھر سے باہر نہیں نکلے۔ وہ کہیں جانے سے پہلے والدہ سے اجازت لینا ہمیشہ اپنا فرض خیال کرتے ہیں۔ اور اس کی وجہ یہ ہے کہ وہ بچپن سے لے کر اس وقت تک کہ اُن کی عمر چالیس سے متجاوز ہو چکی ہے کبھی دو چار دفعہ سے زیادہ دہلی سے باہر نہیں گئے، اور ہمیشہ گھر پر اپنی والدہ کے سایۂ عاطفت میں زندگی بسر کرتے رہے ہیں۔

کچھ سمجھے ننّن میاں! ہر چند کہ سلمانی صاحب کی یہ عادت کہ وہ گھر سے باہر جاتے وقت اپنی والدہ کی اجازت ضرور حاصل کر لیتے ہیں کوئی بُری عادت نہیں ہے۔ مگر پھر بھی مَیں اس کو اُن کے کردار بہت بڑی کمزوری خیال کرتا ہوں۔ مَیں ابھی اُن سے صرف دو چار ملاقاتیں کر سکا ہوں۔ اگر اِن ملاقاتوں کا سلسلہ جاری رہا تو مَیں یقیناً اُن کی اِس کمزوری کا اور اُن کی زندگی پر اِس کمزوری کے اثرات کا اچھی طرح مطالعہ کر سکوں گا۔ مگر اس وقت بھی، یعنی کسی تفصیلی مطالعے کے بغیر، اتنی بات وثوق کے ساتھ کہہ سکتا ہوں کہ سلمانی صاحب خود اعتمادی سے بالکل محروم ہیں۔ مجھے یقین ہے کہ وہ صرف گھر سے باہر جانے کے لیے نہیں، بلکہ زندگی کے ہر اہم اور غیر اہم اقدام کے لیے اپنی والدہ کی اجازت حاصل کرتے ہوں گے۔ اور والدہ کی اجازت کے علاوہ بیوی سے بھی مشورہ کر لیتے ہوں گے۔ ممکن ہے بچّوں کی رائے بھی لے لیتے ہوں۔ اور کچھ عجب نہیں جو نوکروں سے بھی صلاح کر لیتے ہوں۔ وہ تنہا اپنی ذمہ داری پر دنیا کا کوئی کام نہیں کر سکتے!

اور اُن کی اِس خوفناک کمزوری کا سبب؟ یہی کہ وہ کبھی کسی قابلِ ذکر مدت کے لئے گھر سے باہر نہیں رہے، اُنھوں نے کبھی کوئی لمبا دور دراز کا سفر نہیں کیا، اور اُن کو کسی ایک دن بھی یہ محسوس کرنے کا موقع نہیں ملا کہ آج مَیں اپنے عزیزوں، دوستوں

اور غم خواروں سے دُور رہوں اور جو کچھ کر رہا ہوں اُس کا نتیجہ بُرا یا بھلا مجھی کو بھگتنا پڑے گا۔

اب تم خود سوچ لو ننّھے میاں! کہ قدرت نے تمہیں برما کے سفر پر مجبور کر کے تمہارے ساتھ اچھا سلوک کیا یا بُرا، اور یہ کہ بھامو میں تمہارا قیام ضروری ہے یا نہیں۔

تم ہندوستان واپس آنے کے لئے بے قرار ہو۔ پوچھئے کیوں تو جواب ملتا ہے کہ بھامو میں نوکری ملنے کی کوئی اُمید نہیں، اور اگر مل بھی سکتی ہے تو برسوں کے انتظار اور مدتوں کی اُمیدواری کے بعد! ماموں جان کے خطوط سے تمہارے اِن خیالات کی تصدیق نہیں ہوتی۔ وہ برابر یہی لکھ رہے ہیں کہ ننّھے میاں کے لئے کوشش ہو رہی ہے اور خدا نے چاہا تو جلد کامیابی ہوگی۔ ماموں جان کا خدا بھی وہ خدا نہیں ہے جس کو تم سرمایہ داروں کے دماغ کی پیداوار سمجھتے ہو، اِس لئے میں بھی اُن کے ساتھ اِس اُمید میں شریک ہوں کہ جلد تمہیں کوئی اچھی ملازمت مل جائے گی۔ لیکن تھوڑی دیر کے لئے میں تمہاری بات مانے لیتا ہوں اور یہ فرض کئے لیتا ہوں کہ جیسا تم کہتے ہو ویسا ہی ہے، یعنی یہ کہ بھامو میں نوکری ملنے کی کوئی اُمید نہیں ہے۔ تو اب اِس کے بعد بھی میرا خیال یہی ہے کہ تمہیں بھامو میں رہنا چاہیئے، کیونکہ ہندوستان میں نوکری ملنے کی اُمید اور بھی کم ہے۔

بات یہ ہے کہ تم ابھی تلاشِ معاش کے مصائب سے صحیح معنوں میں واقف نہیں ہو۔ دنیا میں لاتعداد نوجوان ایسے ہیں جو روزگار کی جستجو میں اِدھر سے اُدھر پھر رہے ہیں اور جانتے ہیں کہ اگر جلد سے جلد بلکہ فوراً کوئی ملازمت نہ ملی تو بھوک اور فاقے سے مفر نہ ہوگا۔ جستجو اور تلاش تو اُسی کی ہے جو اِس ہولناک اِحساس کے ساتھ اور اِس بھیانک خوف کو دل میں لے کر نوکری ڈھونڈے کہ اگر کل تک مجھے نوکری نہ ملی تو میں

بھیک مانگنے پر مجبور ہو جاؤں گا۔ لو، ایک قصہ سُنو!

معین الدین میرا ایک بہت پُرانا دوست ہے۔ جس زمانے میں ہم پنڈت کے کوچے میں رہتے تھے وہ بھی وہیں رہتا تھا۔ اِس کے علاوہ وہ بھی عربک سکول میں پڑھتا تھا اور مَیں بھی۔ چنانچہ وہ اکثر ابّا جان مرحوم سے انگریزی پڑھنے ہمارے گھر آیا کرتا تھا تم اُس کو نہیں جانتے کیونکہ تمہارے ہوش سنبھالنے سے پہلے وہ انٹرنس کا امتحان پاس کرکے علیگڑھ جا چکا تھا۔ اُس نے پانچ چھ برس میں علیگڑھ سے بی۔ اے کیا۔ اُس کے بعد ڈپٹی کلکٹری کے لئے مقابلے کے امتحان میں بیٹھا۔ جب نتیجہ شائع ہُوا تو اُس کا نام چوتھے نمبر پر تھا۔ اُس سال چار آدمی لئے جانے والے تھے۔ بس پھر کیا تھا معین صاحب کے ٹھاٹھ ہو گئے۔ فیسیں معاف کرا کرا کے تعلیم حاصل کی تھی، لیکن بی۔ اے کرتے ہی ڈپٹی کلکٹری ملی۔ یہ وہ زمانہ تھا جب میں انگلستان سے واپس آ چکا تھا اور گھر میں پڑے پڑے "بہت بے آبرو ہو کر ترے کوچے سے ہم نکلے" کا وِرد کیا کرتا تھا۔ یہ گویا نشے کے اُتار کی حالت تھی، اور طبیعت کی بے کیفی انتہا کو پہنچی ہوئی تھی معین کی کامیابی کی خبر سُنی تو اپنی ناکامی کو دیکھتے ہوئے دل کچھ زیادہ خوش نہ ہُوا۔ مجھے چاہیئے تھا کہ کم از کم ایک دفعہ جا کر اُس کو مبارکباد تو دے آتا۔ لیکن جی نہ چاہا۔ معلوم نہیں یہ رشک و حسد کا نتیجہ تھا یا یہ کہ مجھے ایک ایسے شخص سے ملتے ہوئے شرم آتی تھی جو زندگی کی دَوڑ میں مجھ سے بہت آگے نکل گیا تھا۔ کچھ بھی ہو مَیں اُس سے ملنے نہیں گیا۔ اور میاں! ابھی یہ خبر تازہ ہی تھی کہ یکایک دوسری خبر ملی۔ وہ یہ کہ معین صاحب ڈپٹی کلکٹری میں نہیں لئے گئے۔ ارے بھئی کیوں؟ یہ کیسے ہُوا؟ پتہ لگا کہ فرقہ وارانہ تناسب کو قائم رکھنے کے لئے ایک عیسائی اُمیدوار کو لے لیا گیا جو بیسویں نمبر پر تھا، اور معین صاحب کو رَد کر دیا گیا۔

یہ لیجیے، بنا بنایا محل گر پڑا۔ وہ پہلی خبر سُن کر مجھے خوشی ہوئی ہو یا نہ ہوئی ہو، لیکن یہ دوسری خبر سُن کر یقیناً رنج ہُوا۔ خیر۔ اُس کے بعد بہت دنوں تک مَیں معین کے حالات سے بے خبر رہا۔ بس اِتنا معلوم ہو سکا کہ وہ نائب تحصیلداری، اکسائز انسپکٹری، اور اِس قسم کی دوسری چیزوں کے لیئے مقابلے کے امتحانات میں شریک ہُوا، مگر کسی میں کامیابی نہ ہوئی۔ جب میں تین سال کانپور میں رہ کر دہلی واپس آیا تو ایک دن سرِ راہ اُس سے ملاقات ہو گئی۔ وہ اُن دنوں ڈی۔ اے۔ جی۔ پی۔ ٹی کے دفتر میں چالیس روپے پر کام کر رہا تھا۔ مجھے یہ سُن کر بہت افسوس ہُوا۔ کہاں ڈپٹی کلکٹری اور کہاں چالیس روپے کی کلرکی اور وہ بھی عارضی! خیر، اب پچھلے ہفتے ایک مدت کے بعد اُس سے پھر ملاقات ہوئی۔ آج کل اجمیری دروازے سے باہر ایک عظیم الشان نمائش ہو رہی ہے اور وہاں بڑی رونق اور چہل پہل رہتی ہے۔ میں کسی شام ٹہلنے نکلتا ہوں تو اکثر و بیشتر قدم خود بخود اُسی طرف کو اُٹھ جاتے ہیں۔ ایک دن، رات کے آٹھ ساڑھے آٹھ بجے مَیں ایک ریستوراں میں بیٹھا چائے پی رہا تھا۔ یکایک میری نظر معین پر پڑی جو ریستوراں کے دفتر میں ایک کرسی پر مالکانہ اقتدار کے ساتھ بیٹھا ہُوا کچھ لکھ رہا تھا۔ میری آنکھیں پھٹی کی پھٹی رہ گئیں۔ "کمال کرتا ہے یہ شخص بھی!" مَیں نے اپنے دل میں کہا، "اب کلرکی کرتے کرتے ریستوراں کھول بیٹھا۔" چائے ختم کر کے مَیں سیدھا اُس کے پاس گیا۔ وہ مجھے دیکھتے ہی اچھل پڑا اور ربوکھلا سا گیا۔ "کہو بھئی معین!" مَیں نے کہا، "کیا حال چال ہیں؟ یہ ریستوراں کب کھولا؟" میرا سوال یکسر مہمل تھا، کیونکہ مَیں نے اُس کو وہاں بیٹھا دیکھ کر جو نتیجہ نکالا تھا وہ صحیح نہیں تھا۔ وہ ریستوراں کا مالک نہیں بلکہ ایک ادنیٰ ملازم تھا، اور صبح سے شام تک وہاں بیٹھ کر بِل بنانے کی خدمت اُس کے سپرد تھی۔

یہ معلوم کر کے میرے دل کو ایک دھکا سا لگا اور مجھے اُس کی حالت پر بہت زیادہ رحم آیا۔ لیکن مَیں نے کوشش کر کے اپنے جذبات کو ظاہر نہیں ہونے دیا، اور اپنے قدرتی انداز میں اطمینان کے ساتھ باتیں کرتا رہا، تاکہ وہ یہ سمجھے کہ میرے نزدیک اُس کا ریستوراں میں ملازم ہونا کوئی افسوس ناک اور رحم انگیز بات نہیں ہے۔ مَیں نہیں چاہتا تھا کہ جو خفت اِس اچانک ملاقات سے اُس کو ہوئی ہے اُس میں مزید اضافہ کروں مگر اُس نے خود ہی اپنے روزگار کے متعلق گفتگو شروع کر دی۔ اُس کی ناکامیوں اور مصیبتوں کی داستان سن کر میرا تو دل ہل گیا۔ تقدیر کا کھیل دیکھئے کہ وہ شخص جو شاید ایک اعلیٰ سرکاری عہدے دار ہوتا برسوں سے اِس کوشش میں ہے کہ دو وقت کی روٹی کا اطمینان ہو جائے مگر کامیابی نہیں ہوتی۔ اُس کو اپنا مستقبل تاریک نظر آتا ہے۔ آج اُسے اِس بات کا بالکل غم نہیں ہے کہ وہ ڈپٹی کلکٹر ہونے کی بجائے ایک عارضی ریستوراں میں دو وقت کے کھانے پر ملازم ہے۔ غم ہے تو یہ کہ پندرہ بیس دن بعد جب نمائش ختم ہو جائے گی اور ریستوراں نہ رہے گا تو یہ دو وقت کا کھانا کہاں سے آئے گا! عبرت! عبرت! عبرت!

مُنّن میاں! سچ پوچھو تو تم ابھی تلاشِ معاش کی تلخی سے دوچار ہی نہیں ہوئے اور خدا نہ کرے کہ کبھی ایسا وقت آئے! تمہارے روزگار کا مسئلہ کوئی بہت نازک اور پریشان کُن مسئلہ نہیں ہے۔ زندگی کی ابتدائی ضروریات یعنی کھانا کپڑا وغیرہ حسبِ دلخواہ پوری ہوتی رہتی ہیں، اور آئندہ بھی اُن کے پورا ہوتے رہنے کا امکان ہے۔ چنانچہ تم نہایت اطمینان اور سکونِ قلب کے ساتھ روزگار کی تلاش اور مستقبل کی فکر کر سکتے ہو۔ میرا مطلب ہے کہ تمہیں اِس آرام اور عافیت کی قدر کرنی چاہیئے۔ بر ملے گئے ہو تو اب

وہاں رہ کر کچھ کام بھی کرو۔ اگر اس وقت اپرنٹس ہو سکتے ہو تو ضرور ہو جاؤ، چاہے آئندہ مستقل ملازمت ملنے کی اُمید بالکل نہ ہو۔ معاوضہ نہ ملے تو اِس کا بھی غم نہ کرو۔ کچھ نہیں تو تجربہ ہی حاصل ہوگا، دفتری کاموں کی نوعیت سے واقفیت پیدا ہوگی معلومات میں اضافہ ہوگا، قابلیت بڑھے گی اور کچھ نہیں تو رخصت ہوتے وقت ایک آدھ سرٹیفکیٹ ہی لے لوگے۔ غرض یہ کہ اگر بلا معاوضہ نوکری بھی ملتی ہے تو تمہیں اُس کے قبول کرنے میں کوئی تامل نہیں ہونا چاہیئے۔

اور جناب نے یہ کیا فرمایا کہ ہندوستان کو جنگِ آزادی کے لیئے سپاہیوں کی ضرورت ہے اور مَیں یہاں بیکار پڑا سڑ رہا ہوں؟ واہ واہ وا! کیا کہنے ہیں بَنّن میاں تمہارے! قربان جایئے اِس بلند خیالی کے! مگر اتنی بڑی بات کہنے سے پہلے ذرا اپنے حالات پر تو نظر ڈال لی ہوتی۔ بادام چلیئے، گھر میں جو تھوڑی بہت پونجی تھی وہ ختم ہو چکی، بیوہ ماں اس انتظار میں جی رہی ہے کہ دیکھیئے وہ دن کب آتا ہے جب صاحبزادے اپنے پیروں پر کھڑے ہوں اور دو وقت کی روٹی کمانے کے قابل بنیں۔ یہ تو جناب کے حالات ہیں اور بات وہ کہی ہے جو صرف گاندھی اور جواہر لال ہی کے منہ سے نکلتی ہوئی اچھی معلوم ہو سکتی ہے۔ جنگِ آزادی کا سپاہی بننا آسان کام نہیں ہے بَنّن میاں! اِس کے لیئے جن چیزوں کی ضرورت ہوتی ہے اُن میں دولت سب سے اہم ہے۔ اور یہی وہ چیز ہے جس سے تم یکسر محروم ہو۔ ایک مفلس اور قلاّش نوجوان کو تو اِدھر کا رُخ بھی نہیں کرنا چاہیئے۔ لو، ایک قصّہ سُنو!

ہندو کالج میں میرے ساتھ ایک لڑکا بھگوان داس پڑھتا تھا۔ اُس کے سیاسی خیالات کچھ تمہارے ہی جیسے تھے۔ لیکن تم نے تو (معاف کرنا بَنّن میاں!) دو چار باتیں

اِدھر اُدھر سے سن لی ہیں جن کو تم وقتاً فوقتاً دہراتے رہتے ہو۔ اس کے برعکس بھگوان داس نے سیاسی لٹریچر کثرت کے ساتھ اور محنت کے ساتھ پڑھا تھا۔ اُس کی زبان سے جو بات نکلتی تھی وہ ایک وسیع مطالعے اور عمیق فکر کا نتیجہ ہوتی تھی۔ ابتدا میں اُس کو فارسی سے بڑی دلچسپی تھی اور سعدی و حافظ کے سینکڑوں اشعار یاد تھے۔ اردو سے بھی بہت شغف رکھتا تھا۔ اور یہی وہ چیز تھی جس نے مجھ کو اُس سے قریب تر کر دیا تھا۔ لیکن اُس کا شوق جلد ہی ختم ہو گیا، کیونکہ سیاسیات سے اُس کی دلچسپی بڑھتی جا رہی تھی۔ انٹرمیڈیٹ کے بعد بی۔ اے میں اُس نے فارسی نہیں لی، بلکہ انگریزی کے علاوہ تاریخ اور اقتصادیات لے کر مضامین کی مثلث کو پورا کیا۔ اب اُس کے خیالات میں ایک حیرت انگیز تبدیلی پیدا ہونی شروع ہوئی۔ اُردو فارسی ادب سے وہ بیزار ہو گیا — جس ادب کا کبھی دیوانہ وار عاشق تھا اب اُس کو حقارت کے ساتھ "مڈل کلاس لٹریچر" کہنے لگا۔ یہی نہیں، اور بھی بہت سی چیزیں اب اُس کے نزدیک سرمایہ داروں اور دوسرے خوش حال طبقوں کی پیدا کی ہوئی اور بنائی ہوئی تھیں، مثلاً مذہب، مروجہ اخلاق، معاشری رسوم، مختلف سیاسی ادارے، فنونِ لطیفہ کے شاہکار۔ اور ان سب کو وہ قابلِ نفرت خیال کرتا۔ "پرائیویٹ پراپرٹی" (ذاتی ملکیت) کو وہ دنیا کی سب سے بڑی لعنت اور زندگی اور سماج کی ساری بُرائیوں کا سرچشمہ تصور کرتا۔ جنگ، غلامی، غریبی، جہالت، ہر چیز اُس کے نزدیک "پرائیویٹ پراپرٹی" کی پیداوار تھی۔ فرانسیسی مفکر و مدبر پرودھن کا مشہور جملہ "پراپرٹی از تھفٹ" (ملکیت سرقہ ہے) ہر وقت اُس کی زبان پر رہتا۔ مجھ سے ملنے آتا تو دیوار پر کہیں نہ کہیں یہ جملہ ضرور لکھ دیتا۔ ایک دن مجھ سے بولا، "تم تاج محل کو کیا سمجھتے ہو؟" میں نے کہا، "میں تاج محل کو ایک ایسی عمارت سمجھتا ہوں

جو سنگِ مرمر سے بنائی گئی ہے۔" کہنے لگا، "میرا یہ مطلب نہیں۔ میں یہ پوچھتا ہوں کہ تاج محل کے متعلق تمہارا کیا خیال ہے۔" میں نے کہا، "تاج محل کے متعلق میرا یہ خیال ہے کہ وہ دنیا کی سب سے خوبصورت عمارت ہے۔" "تو گویا وہ تمہارے نزدیک ایک لائقِ تحسین چیز ہے؟" اُس نے سوال کیا۔ میں نے کہا، "بے شک! وہ فنِ تعمیر کا ایک نادر نمونہ ہے اور لائقِ صد تحسین ہے۔" "مگر میں اُس کو قابلِ نفرت سمجھتا ہوں۔" اُس نے کہا۔ "ضرور سمجھو،" میں نے جواب دیا، "آج کل اچھی چیزوں کو بُرا کہنا بھی فیشن میں داخل ہے۔ ایک صاحب نے "نگار" میں ایک مضمون لکھا ہے اور یہ ثابت کرنے کی کوشش کی ہے کہ غالب جس کو اُردو کا سب سے بڑا شاعر خیال کیا جاتا ہے دُوسروں کے خیالات چُرایا کرتا تھا اور اس لحاظ سے ایک نہایت معمولی درجے کا شاعر تھا۔" اُس نے میری بات کو غور سے نہیں سُنا اور اپنی کہے گیا: "میں تاج محل کو قابلِ نفرت سمجھتا ہوں۔ وہ اُس زمانے کی یادگار ہے جب بڑے بڑے جاگیردار، راجہ اور مہاراجہ کسانوں کو بے دردی کے ساتھ لُوٹتے تھے اور اُن کے خون سے اپنی محفلوں کو رنگین بناتے تھے......" "تمہارا خیال صحیح ہے،" میں بیچ میں بول اُٹھا، "لیکن تم ایک بات بھول رہے ہو بھگوان داس! تم اس وقت اسٹیج پر نہیں ہو بلکہ اپنے ایک دوست کے کمرے میں بیٹھے ہو۔ تم اپنے ماحول سے بڑی جلدی بے خبر ہو جاتے ہو۔ یہ تمہارے اندر بڑا عیب ہے۔" اُس نے جواب دیا، "تاج محل ایک ایسے سیاسی و معاشی نظام کی پیداوار ہے جو "اِم مورل" تھا —— بنیادوں سے لے کر چوٹی تک "اِم مورل"! اس لئے تاج محل بھی ایک "اِم مورل" چیز ہے۔" میں نے کہا، "اگر "اِم مورل" ہے تو ہُوا کرے۔ خوبصورت تو ہے۔ اور یہی اصلی چیز ہے۔ ایک طوائف بھی "اِم مورل" ہوتی ہے، لیکن بعض اوقات وہ حسین بھی ہوتی ہے، اور اس کا "اِم مورل" ہونا اُس کے

حسین ہونے میں رکاوٹ پیدا نہیں کرتا"۔ اِس پر وہ طوائف کا مسئلہ لے بیٹھا۔ کہنے لگا، "طوائف "اِم مورل" نہیں ہوتی۔ طوائف کو "اِم مورل" کہنا قطعی جہالت ہے۔ طوائف "پرائیویٹ پراپرٹی" کی پیداوار ہے......" میرے نزدیک اُس کی گفتگو ہمیشہ ایک ہزلیہ نظم ہوتی تھی اور "پرائیویٹ پراپرٹی" ٹیپ کا بند۔ جب وہ اِس ٹیپ کے بند پر پہنچا تو مَیں اپنی ہنسی کو ضبط نہ کر سکا اور ایک زور کا قہقہہ لگایا۔ لیکن اُس نے اپنے کلام کا سلسلہ جاری رکھا، "طوائف "پرائیویٹ پراپرٹی" کی پیداوار ہے! شادی کی رسم بھی "پرائیویٹ پراپرٹی" کی پیداوار ہے، اور پردے کا رواج بھی "پرائیویٹ پراپرٹی" کی پیداوار ہے......" مَیں نے کہا، "بھگوان داس! آج تمہارا بخار بہت تیز ہے۔ تھوڑی دیر خاموش لیٹ کر آرام کرو۔" وہ اُٹھا اور مجھے جاہل، کوڑھ مغز اور نہ جانے کیا کیا کہتا ہُوا کمرے سے نکل گیا۔ جلدی میں وہ پنسل بھی چھوڑ گیا جس سے اُس نے میز پر پڑے ہوئے تقریباً تمام کاغذات پر "پراپرٹی از تھفٹ" کی مُہر ثبت کر دی تھی۔

یہ تھا میرا دوست بھگوان داس اور یہ تھے وہ خیالات جو بھُوت بن کر یکا یک اُس کے سر پر سوار ہو گئے تھے۔ بہت جلد بھگوان داس جی اپنے مرکزِ ثقل سے اِس حد تک ہٹے کہ اُنہوں نے اپنی تعلیم کو خیرباد کہہ دینے کا فیصلہ کر لیا۔ مَیں نے کہا، "بھگوان داس! اب تک جو بکواس تم وقتاً فوقتاً کرتے رہے ہو، اُس کو مَیں نے کبھی قابلِ اعتنا نہیں سمجھا۔ لیکن یہ حرکت جو تم اب کرنے والے ہو ایسی نہیں ہے کہ مَیں خاموش رہوں۔ اگر تم نے اِس وقت اپنی تعلیم کا سلسلہ ختم کر دیا تو یاد رکھو زندگی بھر پچھتاؤ گے۔ یہ عمر پھر لوٹ کر نہیں آئے گی، نہ یہ مواقع جو آج تمہیں حاصل ہیں پھر میسر آئیں گے"۔ اِس پر وہ بولا، "مجھے بی۔ اے یا ایم۔ اے کر کے کیا لینا ہے؟ حکومت کی نوکری تو کرنی نہیں ہے جو اپنی عمر اس طرح ضائع کر دوں"۔ مَیں نے

کہا، "چلو یونہی سہی۔ تمہیں حکومت کی نوکری نہیں کرنی ہے۔ مگر تحصیلِ علم بذاتِ خود بھی تو کوئی چیز ہے۔ علم کی اہمیت اور ضرورت سے تو تم انکار نہیں کر سکتے۔" "علم کی اہمیت موجودہ حالات میں کچھ بھی نہیں ہے،" اُس نے کہا، "بس اتنا ہی کافی ہے کہ ہم اردو اور انگریزی لکھ پڑھ لیتے ہیں۔ اِس سے زیادہ محض عیاشی ہے۔" "سبحان اللہ! کیا زریں خیالات ہیں!" میں نے کہا، "تمہارے دماغ میں خناس سما گیا ہے بھگوان داس! اور کوئی بات نہیں ہے۔" لیکن اُس نے کبھی میرے غصّے کی پروا کی تھی نہ طنز و ملامت کی۔ چنانچہ حسبِ معمول اپنی کہے گیا: "کالجوں اور یونیورسٹیوں میں پڑھنا ایک عیاشی ہے جو سرمایہ داروں کے لیے ہے، نہ کہ اُن لوگوں کے لیے جو دنیا میں آزادی اور انصاف کی حکومت قائم کرنا چاہتے ہیں۔" میں نے سمجھ لیا کہ اس کا مرض حد سے گزر چکا ہے اور اس کو کوئی سنجیدہ مشورہ دینا بالکل فضول ہے۔

اُس نے کالج سے نام کٹایا اور بمبئی جانے کے لیے تیار ہو گیا۔ اپنی اردو اور فارسی کی کل کتابیں مجھے بخش دیں۔ ماں کو لکھ دیا کہ میں مزید تعلیم حاصل کرنا غیر ضروری سمجھتا ہوں اور بمبئی جا رہا ہوں تاکہ مزدوروں میں رہ کر کوئی مفید کام کر سکوں۔ ماں بے چاری بے پڑھی لکھی دیہاتی عورت۔ وہ بیٹے کی اس عظیم الشان سیاسی بیداری کو کیا خاک سمجھتی اور کیا خاک اُس کی قدر کرتی۔ اُسے تو اپنی زندگی بھر کی آرزوئیں ہی پامال ہوتی نظر آئیں۔ وہ ضلع رہتک کے کسی گاؤں میں ایک چھوٹی سی زمینداری سنبھالے بیٹھی تھی۔ مرحوم شوہر کی یاد اور اکلوتے بیٹے کے مستقبل کا تصور، یہی دو چیزیں اُس کی زندگی کا سہارا تھیں۔ اب جو بیٹے کے خوفناک ارادے کی خبر پائی تو بلبلا اُٹھی۔ خط پر خط لکھنے شروع کئے۔ بھگوان داس کو سمجھایا بھی اور دھمکیاں بھی دیں، اپنے غصے کے نتائج سے بھی آگاہ کیا اور اپنی محبت کا واسطہ بھی دلایا۔ مگر اُس اللہ کے بندے پر کسی بات کا اثر نہ ہوا۔ اُس نے ہر خط کے جواب میں یہی لکھا: "والدین

اور اولاد کی محبت سرمایہ دارانہ زندگی کا ایک عیاشانہ پہلو ہے۔ میرے دل میں دنیا کے عوام کی محبت ہے، اور میں اس محبت کے مقابلے میں ماں کی محبت کو ایک قطعی غیر اہم چیز سمجھتا ہوں۔" آخر میں تنگ آکر ماں نے لکھ بھیجا، "اگر تم تعلیم ترک کر کے بمبئی گئے تو میں بھی اپنے دل پر پتھر رکھ لوں گی اور خرچ بھیجنا بند کر دوں گی۔" مگر یہ حضرت اپنے نئے خیالات کی ترنگ میں تھے۔ اُن پر مجاہدانہ سرفروشی کا جذبہ طاری تھا۔ انہوں نے ماں کی اس دھمکی کی ذرا بھی پروا نہ کی اور بمبئی روانہ ہو گئے۔

اس بات کو مشکل سے چار مہینے گزرے ہوں گے کہ ایک دن صبح ہی صبح کیا دیکھتا ہوں کہ بھگوان داس جی تشریف لئے چلے آ رہے ہیں۔ قریب آئے تو دیکھا کہ چہرے پر ہوائیاں اُڑ رہی ہیں، آنکھوں میں حلقے پڑے ہوئے ہیں، اور جسم پر ایک پھٹی ہوئی قمیص ہے اور ایک میلا کچیلا نکر! "آیئے، تشریف لایئے!" میں نے کہا، "آپ کا نام بھگوان داس ہے نا؟" مگر وہ کسی چہل کے لئے تیار نہ تھا۔ بے جان ہو کر کرسی پر گر پڑا اور بولا، "میں بیمار ہوں اور بہت بھوکا ہوں۔ جلدی سے گرم دودھ منگواؤ۔"

ناشتے کے بعد جب میں اُس کی داستان سننے میں مصروف تھا تو مجھے محسوس ہوا کہ وہ اکیلا ہی نہیں آیا ہے بلکہ اپنے ساتھ کچھ خفیہ پولیس کے آدمی بھی لایا ہے۔ میں نے دل میں کہا، "یہ کم بخت کہیں میرے سر پر کوئی آفت نہ لائے۔ ایسے خطرناک آدمی سے دور رہنا ہی بہتر ہے۔ دوستی کے یہ معنی نہیں ہیں کہ ہم بیٹھے بٹھائے اپنے آپ کو مصیبت میں پھنسائیں۔ اور بے گناہ مارے جائیں۔" میں نے جلد سے جلد اُس سے چھٹکارا پانے کی کوشش کی اور تیسرے دن ٹکٹ دلوا کر رہتک روانہ کر دیا۔

اب قدرتی طور پر تم یہ جاننا چاہو گے کہ بھگوان داس پر بمبئی میں کیا بیتی اور وہ کیوں وہاں سے اس قدر جلد واپس آ گیا۔ لیکن یہ ایک طویل داستان ہے جس کو اگر میں بیان

کرنے بیٹھیوں تو بنن میاں! میرا یہ خط خط نہ رہے گا بلکہ ایک اچھا خاصا ناول بن جائے گا۔ نہایت مختصر طور پر صرف اتنا بتانا چاہتا ہوں کہ بمبئی پہنچ کر بھگوان داس کو ایسی ذہنی و جسمانی تکالیف کا مقابلہ کرنا پڑا جو اس کے لئے بالکل نئی تھیں۔ بھلا کہاں ایک نازوں کا پالا نوجوان اور کہاں سیاسی زندگی کے مصائب! ماں نے انتہائی خوشامد کے باوجود روپیہ نہیں بھیجا۔ اور اس سے ان مصائب میں چند در چند اضافہ ہو گیا۔ غرض کہ "دنیا کے عوام کی محبت" نے اچھی طرح اپنا اثر دکھایا اور بھگوان داس جی کو ایسے سخت جھٹکے دیئے کہ دن میں تارے نظر آنے لگے۔ "آزادی اور انصاف کی حکومت" قائم کرنے کا خیال ترک کر دیا۔ ماں کو لکھا، "روپیہ بھیجو، ہم دہلی واپس جاکر دوبارہ کالج میں داخل ہو جائیں گے۔"

دل پھر طوافِ کوئے ملامت کو جائے ہے
پندار کا صنم کدہ ویراں کئے ہوئے

یہ نہ سمجھنا بنن میاں! کہ بھگوان داس کی مصیبتیں یہاں ختم ہو گئیں۔ یہ تو اس کی بربادی کی محض ابتدا تھی۔ تعلیمی زندگی کا ایک سال ضائع کرنے کے بعد جب دوبارہ کالج میں داخل ہونے کے لئے آیا تو پرنسپل نے لینے سے صاف انکار کر دیا۔ غریب نے بہتیرا سر ٹپکا مگر وہ کسی طرح راضی نہ ہوا۔ مجبوراً لاہور پہنچا۔ وہاں جس کالج میں بھی گیا یہی جواب ملا کہ تھرڈ ایر میں داخل کریں گے۔ اُس نے فورتھ ایر سے پڑھنا چھوڑا تھا۔ اس لئے خیال تھا کہ فورتھ ایر ہی میں داخلہ مل جائے گا۔ لیکن ایسا نہیں ہوا۔ ایک سال کی بجائے دو سال ضائع ہوتے ہوئے نظر آتے۔ طبیعت تعلیم سے پہلے ہی بیزار ہو چکی تھی، ان نامساعد حالات سے دل اور بھی کھٹا ہو گیا۔ نتیجہ یہ نکلا کہ مزید تعلیم کا خیال ہی چھوڑ دیا اور ملازمت کرنے کی جی میں ٹھانی۔ مگر ایسے شخص کے لئے ملازمت کہاں! خفیہ پولیس نے اب تک پیچھا نہیں چھوڑا

تھا، ملازمت بھلا کون دیتا! دو تین سال کی دوڑ دھوپ کے بعد مناسب روش یہی معلوم ہوئی کہ خاموشی کے ساتھ اپنے وطن چلے جائیں اور بیوہ ماں کی خدمت میں زندگی بسر کریں۔

چنانچہ اُس وقت سے برابر ہمارے دوست شری بھگوان داس جی مستقل طور پر اپنے گاؤں میں رہتے ہیں۔ سال میں دو تین پھیرے دہلی کے کرتے ہیں اور ہر پھیرے میں چند کتابیں سیاسیات کی یا "مڈل کلاس لٹریچر" کی خرید کر لے جاتے ہیں۔ مطالعے سے جو وقت بچتا ہے وہ خطوط لکھنے اور حقہ پینے میں صرف ہوتا ہے۔

اُن کا وہ پرائیویٹ پراپرٹی والا فلسفہ مدت ہوئی کہ دھواں بن کے اُڑ گیا۔ اب اُن کے خیالات کا انداز کچھ اور ہے۔ دوسرے تیسرے مہینے مجھے خط لکھتے رہتے ہیں جس سے مَیں اُن کی ذہنی قلابازیوں کا اندازہ لگاتا رہتا ہوں۔ اِس سلسلے میں اُن کا سب سے آخری خط جو مجھے دو ماہ قبل وصول ہُوا تھا خاصی اہمیت رکھتا ہے۔ اُس میں وہ لکھتے ہیں:۔ "مَیں تم سے ایک بات سنجیدگی کے ساتھ پوچھتا ہوں۔ کیا زندگی کا مقصد حصولِ مسرت کے سوا کچھ اور بھی ہو سکتا ہے؟ فرض کیجیے آپ نے دنیا میں رہ کر بڑے بڑے کام کیے۔ عزت بھی ملی اور نام آوری بھی ہوئی۔ ایک دن آپ دنیا سے چل بسے۔ اب دنیا والے آپ کی نام کی مالا جپیں یا آپ کو غیر فانی بنانے کی کوشش میں مختلف مقامات پر آپ کے مجسمے نصب کریں، آپ کو کسی بات سے کچھ سروکار نہیں۔ آپ کو تو چپکے سے کون جانے کہاں چل دیئے۔ مرنے کے بعد معلوم نہیں آپ کا کیا ہُوا۔ پھر بتایئے کہ آپ کی وہ عمر بھر کی جدوجہد، تگ و دو اور جاں فشانی کس کام آئی۔ ہاں ایک چیز ہے جو کچھ معنی رکھتی ہے۔ اور وہ ہے مینائے حیات کا بادۂ عشرت سے سرشار ہونا، یعنی دل

کھول کر پیٹ بھر کے، پوری طرح ڈوب کر زندگی گزارنا۔ لیکن یہ محرومیت جسم یا ذہن کو اذیت اور کوفت میں مبتلا کر کے ہی کیوں حاصل کی جائے؟ کسی شاہدِ رعنا کے آغوش میں کیا یہ چیز میسر نہیں آ سکتی؟ میں شعرا میں خیام کے سوا کسی کو نہیں مانتا۔ باقی سب مہمل بکتے ہیں۔ زندگی کا راز اگر کسی نے پایا تو وہ یہی دیوانہ فرزانہ تھا...... میں اپنے چاروں طرف گلعذار بچے، زہرہ جبیں لڑکیاں، اور حسین و رعنا لڑکوں کو دیکھتا ہوں۔ کل یہ نازک پھول کمھلا جائیں گے۔ یہ دوشیزائیں پوپلے منہ والی کھوسٹ بڑھیاں بن جائیں گی۔ میرا ایک عزیز ہے۔ کیسا بانکا اور سجیلا جوان تھا وہ کبھی! آج دق میں مبتلا ہے۔ میں دیکھ رہا ہوں کہ موت کا بھیانک چنگل اس کی شہ رگ کے قریب آ پہنچا ہے۔ یہ ہے زندگی کی حقیقت! حسن کا ضیاع، مسرت کا اختصار —— یہ فطرت کے وہ قانون ہیں جن کی علتِ غائی آج تک کسی کی سمجھ میں نہ آ سکی۔ دنیا ایک ماتم خانہ ہے! زندگی جنازہ بر دوش ہے! میں شوپنہار کو زندگی کا سب سے عمیق مبصر خیال کرتا ہوں...... فکرِ فردا اور غمِ دوش سے کچھ حاصل نہیں۔ کھاؤ، پیو اور مزے اڑاؤ! جب موت آئے تو اطمینان کے ساتھ جان دے دو۔ اس اطمینان کے ساتھ کہ ہم نے اپنی زندگی کے لمحاتِ گراں کو بد ذوقی اور بد توفیقی کی نذر کر کے برباد نہیں کیا...... دنیا کے غریب؟ لیکن آپ کو ان سے کیا؟ ہمدردی! آپ کو ان سے ہمدردی ہے! خوب! مگر ان کو آپ کی ہمدردی کی ضرورت نہیں۔ وہ جب چاہیں گے غاصبوں سے اپنا چھنا ہوا مال واپس لے لیں گے۔ ہمدردی منافقت کا دوسرا نام ہے! اخلاق! اچھا، یہ اخلاق اور اس کی ذریات کا تقاضا ہے؟ ہوگا! مگر میں اس فرسودہ اصطلاح سے بیزار ہوں۔ کس قدر پوچ اور سوقیانہ تخیل ہے!......"

تم نے دیکھا تبن میاں! یہ وہی شخص ہے جو کبھی تاج محل کو "اِمورل" کہا کرتا تھا اور دنیا

کی ہر اچھی بُری چیز کو سرمایہ داروں کی عیاشی کہہ کر قابلِ نفرت ٹھیراتا تھا۔ مطلب یہ ہے کہ زندگی کے متعلق بہت سے نظریے ہو سکتے ہیں، اور ایک سوچنے سمجھنے والے انسان کے لیئے نہایت دشوار ہے کہ وہ کسی ایک نظریے کا ہو جائے اور تا زیست اُسی کا ہو کر رہے۔ پھر تمہیں بتاؤ کہ کسی مخصوص فلسفے کو زندگی کا صحیح ترین فلسفہ سمجھ کر اُس کی خاطر اپنے مستقبل بلکہ اپنی ساری زندگی کو خطرے میں ڈال دینا کہاں کی عقل مندی ہے بھگوان اور تم کے حالات سے تم یہ بھی معلوم کر سکتے ہو کہ سیاسی کام ہر شخص کے بس کی بات نہیں۔ اِس کے لیئے بہت سی چیزوں کی ضرورت ہوتی ہے جن میں اقتصادی خوش حالی اور معاشی اطمینان سب سے زیادہ اہم ہے۔ اگر تمہارے پاس یہ چیز نہیں ہے تو تم کبھی جنگِ آزادی کے سپاہی نہیں بن سکتے۔ اور میاں! سپاہی ویاہی بننے کی نوبت ہی کہاں آتی ہے۔ جس دن بھی ذراسی بے عنوانی کا اظہار تمہاری طرف سے ہوگا، اُسی دن جیل میں ٹھونس دیئے جاؤ گے۔ اب سال چھ مہینے تک پڑے سڑا کرو۔ بے اختیار یہی کہو گے کہ اس سے تو بھاموییں پڑے سڑتے رہتے تو بہتر ہوتا۔ اور یہ نہ سمجھنا کہ جیل میں آرام کے ساتھ گزرتی ہے اور کوئی تکلیف نہیں ہوتی۔ یہ محض کہنے کی باتیں ہیں کہ سیاسی قیدیوں کو بہت سی مراعات حاصل ہوتی ہیں اور وہ ترجیحی سلوک کے مستحق سمجھے جاتے ہیں۔ گاندھی اور جواہر لال کی بات تو دوسری ہے۔ تم جیسے آزادی کے سپاہیوں کو تو وہ ہتکڑی پہنانے سے بھی نہیں چوکتے۔ لو، ایک قصہ سنو!

کانپور میں مَیں جن صاحب کے مکان میں رہتا تھا وہ چمڑے کی تجارت کرتے تھے اور یہ کہنے کی ضرورت نہیں کہ بہت زیادہ مالدار تھے۔ مالدار ہونے کے علاوہ وہ اور بھی بہت سی خوبیوں کے مالک تھے۔ لیکن اُن کا لڑکا نہایت پاجی تھا۔ مطیع اللہ نام، مگر اطاعت

سے کوسوں دُور! انتہائی کوششوں کے باوجود کم بخت نے کچھ پڑھ کے نہیں دیا۔ باپ نے روپیہ پانی کی طرح بہایا، اور جس اسکول میں وہ پڑھتا تھا اُس میں ہزاروں روپیہ بطور امداد کے دے ڈالا۔ مگر وہ کسی طرح ہائی اسکول کے امتحان میں پاس ہی نہ ہُوا۔ جب عمر بہت زیادہ ہوگئی تو مجبوراً تعلیم ترک کرا دی گئی۔ اب اُسے لیڈری کا شوق چرایا۔ معلوم نہیں اُس کے دماغ میں سیاسی بیداری کے جراثیم کہاں سے آگئے۔ غرض کہ قومی و ملکی کاموں میں حِصّہ لینا شروع کر دیا۔ ایک کپڑے کے مِل میں اسٹرائک ہوئی تو آپ ماشاء اللہ اُن لوگوں میں تھے جو اپنے جھوٹے سچے دعوؤں اور اشتعال انگیز تقریروں سے مزدوروں کو بہکاتے اور ورغلاتے ہیں اور اُن کو غلط راستے پر ڈال کر اُن کی مظلومیت میں مزید اضافے کا باعث بنتے ہیں۔ نتیجہ جو ہونا تھا وہ ہُوا۔ مع اپنے تمام ساتھیوں کے دَھر لئے گئے۔ پولیس نے بِلا تامل ہتکڑیاں ڈال دیں۔ اُنہوں نے بہت ہیر پھیر کی مگر وہاں بھلا کون سنتا تھا۔ چاروناچار سرِ تسلیم خم کرنا پڑا۔ سب کو لاری میں ٹھونس دیا گیا اور لاری چل پڑی۔ لاری میں بیٹھتے ہی مطیع اللہ کو حاجت محسوس ہوئی۔ اُس نے پولیس افسر کو اپنی خواہش اور ارادے سے مطلع کیا۔ پولیس افسر نے اُس کی خواہش اور ارادے کو کمزور سمجھ کر کچھ اہمیت نہ دی، اور ڈانٹ کر کہا، "ابھی نہیں بیٹھے رہو!" چند منٹ مطیع اللہ نے صبر کیا۔ مگر خواہش نہایت قوی اور ارادہ نہایت مضبوط تھا۔ اِس لئے زیادہ دیر تک صبر نہ کیا جا سکا۔ اُس نے پھر پولیس افسر کو یاد دہانی کرائی۔ وہ کم بخت نہایت ہی شقی القلب تھا۔ پھر ٹال گیا۔ مطیع اللہ نے کچھ دیر اور صبر کیا۔ لیکن اب خواہش کی قوت اور ارادے کی مضبوطی اِس قدر شدید ہوگئی کہ دونوں میں سے کسی ایک کو بھی نظرانداز کرنا ناممکن معلوم ہُوا۔ اُس نے تنگ آکر پولیس افسر کو ایک ایسی دھمکی دی کہ وہ لاری روکنے پر مجبور ہو گیا۔ لاری جس جگہ رُکی وہ ایک غیر آباد سا مقام تھا۔ سڑک کے ایک طرف کچھ

کچّے پکّے مکانات تھے اور دوسری طرف ایک وسیع میدان دُور تک چلا گیا تھا۔ مطیع اللہ لاری سے اُتر کر ایک پولیس مَین کو اپنے ساتھ گھسیٹتا ہُوا میدان کی جانب بھاگا۔ جب دونوں ایک محفوظ مقام پر پہنچ گئے تو مطیع اللہ نے کہا، "ہتکڑی کھولو —— جلدی!" "ہتکڑی تو مَیں نہیں کھول سکتا۔" پولیس مَین نے کہا، "تمہارے پتلون کے بٹن کھولے دیتا ہوں"

..........

---

مَیں نے یہاں تک لکھا تھا کہ ننّھے میاں کا ساتواں خط ملا: — "ہندوستان میں ستیہ گرہ شروع ہو چکی ہے اور مَیں تقریباً اِس خط کے ساتھ ساتھ یہاں سے روانہ ہو رہا ہوں......"

اب مَیں اِس کے سوا اور کیا کر سکتا ہوں کہ ننّھے میاں پر خاک ڈالوں اور تمام اُردو داں طبقے کو اپنا مخاطب بنا کر کہوں: —

لو ایک قِصّہ سُنو!

---

# دریا کی سیر

"آپ مسٹر شرما ہیں —— ہمارے ای۔ او!" ظہیر بھائی نے میرا اور اپنے اگزیکٹو آفیسر کا تعارف کراتے ہوئے کہا۔

شرما جی نے اپنی کرسی سے اُٹھنے کی ایک خفیف سی کوشش کرتے ہوئے مجھ سے ہاتھ ملایا اور بولے، "مزاج گرامی!"

"آپ سے مل کر بے حد مسرت ہوئی!" میں نے کہا۔

"معاف کیجیے گا،" وہ بولے، "میں آپ سے گھر پر جا کر ملاقات نہیں کر سکا۔ ظہیر سے معلوم ہوا تھا کہ آپ آئے ہوئے ہیں۔ مگر میری طبیعت اچھی نہیں تھی۔"

یہ کہہ کر وہ ظہیر بھائی سے اپنے کسی پوشیدہ مرض کا ذکر کرنے لگے اور کچھ دیر تک بیماری کے تازہ ترین حملے کی تباہ کاریوں پر اظہارِ خیال ہوتا رہا۔

اور اِس میں شک نہیں کہ وہ بیمار تھے۔ اُن کا چہرہ جو غالباً تندرستی کی حالت میں سُرخ و سپید ہوتا زرد ہو رہا تھا۔ آواز میں ایک قدرتی لوچ اور گھلاوٹ کے ساتھ ساتھ نقاہت کا اثر بھی پایا جاتا تھا۔ آنکھوں میں جوانی کی چمک تھی، مگر ہونٹوں کی پھیکی اور مُرجھائی ہوئی مسکراہٹ

صاف طور پر کسی اندرونی آزار کا عکس معلوم ہوتی تھی۔

وہ جلد ہی مجھ سے دوبارہ مخاطب ہو گئے۔" تو آپ نیشنل گزٹ کے ایڈیٹر ہیں دہلی میں؟"

"جی نہیں، میں ایڈیٹر نہیں ہوں ——"

"سب ایڈیٹر؟"

"جی —— سب ایڈیٹر بھی نہیں۔ میں اصل میں اُس کے اندر مضامین لکھا کرتا ہوں۔ اور کبھی کبھی دفتر کا کوئی عارضی کام بھی مجھے مل جاتا ہے ——"

شرما جی نے تیزی سے ظہیر بھائی کی طرف دیکھا۔ اور پھر میں نے بھی ظہیر بھائی کے چہرے پر ہوائیاں اُڑ رہی تھیں۔

"اُف کس قدر گرمی ہے!" ظہیر بھائی نے گفتگو کا رُخ بدلنے کے لئے کہا اور چھت کی طرف منہ کر کے پنکھے کو دیکھنے لگے۔

"چپراسی!" شرما جی اپنی لطیف رسیلی آواز کو زیادہ سے زیادہ کرخت بنا کر چلائے، "منّا کو بلاؤ، پنکھا کھینچے۔" اور پھر چہرے پر شدید غصے کے آثار پیدا کر کے بولے، "یہ کیوں نہیں آئی ابھی تک حرامزادی؟" لیکن چپراسی اُن کا حکم سُنتے ہی دوڑ پڑا تھا اور اِس سوال کا جواب دینے کے لئے وہاں موجود نہ تھا۔

شرما جی کا "موڈ" بدل گیا۔ اب وہ غیر متعلق، رسمی اور تعارفی گفتگو میں وقت ضائع کرنے کے لئے تیار نہیں تھے۔ چنانچہ زرد کاغذات کے ایک ڈھیر کو میز کے سرے سے اپنی طرف گھسیٹتے ہوئے بولے، "اچھا بھئی ظہیر! اب ذرا سا کام کر لیں۔ ورنہ پھر وہ لوگ آجائیں گے۔ چمن صاحب تو بس اب آیا ہی چاہتے ہیں۔ تم نے اُن سے کہلوا دیا تھا نا کہ ۱۲ بجے تک ضرور آجائیے گا؟"

"جی ہاں میں نے کہلوا دیا تھا۔" ظہیر بھائی نے جواب دیا۔ "آپ اپنا کام سمیٹ لیجئے۔"

"کیوں صاحب اجازت ہے نا؟" شرما جی مجھ سے مخاطب ہوئے۔

"جی ہاں، ضرور، ضرور!"

"صرف چند منٹوں کا کام ہے۔ پھر تو سارا دن آپ کے ساتھ ہی گزارنا ہے۔" اور یہ کہہ کر وہ اپنے کاغذات کی دیکھ بھال میں لگ گئے۔

ظہیر بھائی نے بھی اِک موٹا سا فائل اُٹھا لیا اور اُس کی ورق گردانی کرنے لگے۔

اب رہ گیا میں۔ تو میرے پاس سوچنے اور غور کرنے کے لئے بہت کافی مواد تھا۔

"میں اِس زرد رو، بابو قسم نے اِنسان کے ساتھ سارا دن کیونکر گزاروں گا؟" میں نے اپنے دل میں خیال کیا۔ "اِس میں اور مجھ میں تو کوئی چیز بھی مشترک نہیں۔ یوں تو خاصا بھلا آدمی معلوم ہوتا ہے، مگر اس کو دیکھ کر اور اِس سے باتیں کر کے طبیعت میں ذرا بھی تو ولولہ پیدا نہیں ہوتا۔ ایک عجیب سی افسردگی دل پر چھائی جا رہی ہے۔ دیکھئے یہ طول طویل دن کس طرح کٹتا ہے۔ اچھی مصیبت میں پھنسایا ظہیر بھائی نے! دریا کی سیر! کیا خوب! ایک بچھلے بیٹھے بے مزہ اور زرد رو بابو کے ساتھ کیا خاک دریا کی سیر ہو گی! لیکن اِس بیچارے کو بابو کیوں کہو؟ یہ تو ایک طرح سے حاکم ہے —— اگزیکٹو آفیسر! اور بابو ہی سہی، آدمی تو بُرا نہیں۔ ہاں ایک ذرا بے جان سا بیمار سا آدمی ہے جو زندگی کے جوش و خروش سے قبل از وقت محروم ہو گیا ہے۔ پھر بھی یہ امید کرنا بیکار ہی ہے کہ اس کے ساتھ دریا کی سیر کوئی مسرت بخش مشغلہ ثابت ہو گی۔ اور ابھی تو ایک ہی صاحب سے ملاقات ہوتی ہے۔ دیکھئے وہ چیئرمین صاحب کس قسم کے آدمی نکلتے ہیں۔ اور ہاں وہ قیوم صاحب! لکھنؤ کے تعلقدار ہیں وہ! اُن کی ایک یہی خصوصیت اُنہیں نفرت انگیز بنا دینے کے لئے کافی ہے۔

بڑی سی توند ہو گی اور چھوٹا سا دماغ! لکھنؤ سے اپنی کار میں آئے ہیں۔ چلو آج ہم بھی اُن کی کار میں بیٹھ لیں گے۔ دریا کی سیر میں لطف آئے یا نہ آئے، مگر یہاں سے وہاں تک کا سفر لُطف دے جائے گا۔ بشرطیکہ کار عمدہ قسم کی ہو۔ لیکن یہ حمین صاحب کون ہیں جن کے متعلق ابھی انہوں نے کہا تھا کہ آنے ہی والے ہیں؟ کیا یہ حضرت بھی ہمارے ساتھ دریا کی سیر کو جائیں گے؟ ظہیر بھائی نے تو اُن کا ذکر کیا نہیں۔"

مَیں حمین صاحب کے مسئلے پر زیادہ غور نہ کر سکا۔ کیونکہ عین اُس وقت میری آنکھوں کے سامنے ایک بجلی سی کوندی، اور نہ صرف میرے خیالات کا سلسلہ رُک گیا بلکہ چند لمحوں کے لئے مَیں یہ بھی بھول گیا کہ مَیں کہاں ہوں اور کیا کر رہا ہوں۔ اُس دروازے میں سے جو میرے اور ظہیر بھائی کے بالکل سامنے تھا اور جس کی طرف شرماجی پُشت کئے ہوئے بیٹھے تھے ایک ایسی سیم تن اور گُل عذار دوشیزہ کمرے میں داخل ہوئی جس کو یقیناً "چاند کا ٹکڑا" یا "نور کا جھمکڑا" کہا جا سکتا تھا۔ اُس کو دیکھ میرے دل میں یک لخت ہالی وڈ کی سحر طراز ایکٹرس شرلے ٹمپل کی یاد تازہ ہو گئی۔ وہی جوانی کی شراب میں نہایا ہوا پیکرِ مرمریں، وہی آتشکدے کی طرح دہکتا ہوا چہرہ، وہی آفتاب کی کرنوں سے بنی ہوئی پیشانی، وہی کھِلے ہوئے گلاب کی سی شگفتگی رکھنے والے ہونٹ، وہی جگمگاتی ہوئی برق پاش آنکھیں، وہی نقوش، وہی انداز، وہی ادا۔ ایسا معلوم ہوا گویا پردۂ سیمیں پر شرلے ٹمپل کسی بے حد حسین مگر نہایت بد ذوق ہندی دوشیزہ کا پارٹ ادا کر رہی ہے۔ بد ذوق اس لئے کہ جہاں تک لباس اور ظاہری آرائش کا تعلق ہے، وہ ہر قسم کے ذوقِ صحیح سے یکسر بیگانہ تھی۔ اِس کو بد ذوقی کے سوا اور کِس چیز سے تعبیر کیا جا سکتا ہے کہ اُس کے جسم پر کپڑوں کی بجائے صرف چیتھڑے اور دھجیاں تھیں جن میں جا بجا لاتعداد گرہیں لگی ہوئی تھیں تا کہ وہ ایک دوسرے سے علیحدہ ہو کر زمین پر نہ گر پڑیں اور جسم پر قائم رہیں؟

یہ سچ ہے کہ اِس پیرہن تار تار میں سے اُس کا پارۂ قمر جسم اِس طرح چمک رہا تھا جس طرح بعض اوقات برسات کی رات میں سیاہ بادلوں کے اندر سے ستارے چمکا کرتے ہیں۔ مگر چونکہ اِس ادائے جمیل میں اُس کی ذاتی کوشش کو کوئی خاص دخل نہیں تھا، اس لئے اِس چیز کی بنا پر وہ بد ذوقی کے الزام سے بَری نہیں ہو سکتی تھی۔

اُس نے کمرے میں داخل ہوتے ہی پنکھے کی ڈوری ہاتھ میں لی اور کھینچنا شروع کر دیا۔ مجھے یہ نتیجہ نکالنے میں کسی خاص قوتِ استدلال سے کام نہیں لینا پڑا کہ یہ نو عمر اور بد ذوق دوشیزہ شریمتی مپل نہیں بلکہ مُنیا ہے جس کو ذرا دیر پہلے شرما جی نے بڑے جوش و خروش کے ساتھ یاد فرمایا تھا۔

شرما جی اپنے سر پر پنکھے کو ہلتا ہوا دیکھ کر فوراً پیچھے مڑے اور اپنی نرم و نازک آواز میں ایک مصنوعی کرختگی پیدا کر کے بولے، "کیوں رنی! کہاں تھی اب تک؟"

مُنیا کے حُسن کا آتش نارہ جس طرح دہک رہا تھا اُسی طرح دہکتا رہا۔ اُس کی آفتاب کی کرنوں سے بنی ہوئی پیشانی پر ایک بل بھی نہیں پڑا۔ اُس کی جگمگاتی ہوئی آنکھوں کی جوت میں ذرا بھی فرق نہیں آیا۔ وہ غالباً اِس قسم کی ڈانٹ سننے اور اُس کو نظر انداز کر دینے کی عادی ہو چکی تھی۔

"بولتی کیوں نہیں؟" شرما جی نے زیادہ زور سے چیخ کر کہا۔ "کہاں تھی اب تک؟"

وہ اب بھی غیر متاثر رہی۔

شرما جی آپے سے باہر ہو گئے۔ خوب چیخے۔ خوب چِلّائے۔ کئی دفعہ اپنی کرسی سے اُٹھتے اُٹھتے رہ گئے۔ اور آخر کار یہ معلوم کرنے میں کامیاب ہو ہی گئے کہ چونکہ وہ آٹا گوندھ رہی تھی اِس لئے جلد تر نہ آسکی۔

"یاد رکھیو، تجھی کو نہیں، تیرے باپ کو بھی یہاں سے نکال باہر کر دوں گا، اور اِس چھپر میں آگ لگوا دوں گا۔" اِس آخری تنبیہ کے بعد وہ پھر اپنے کاغذات کی دیکھ بھال میں مصروف ہو گئے۔

پُرانی وضع کے ڈراموں میں المناک منظر کے بعد بسا اوقات ایک مزاحیہ سین ہُوا کرتا ہے ظہیر بھائی نے اِسی فن کارانہ اُصول کی پیروی کی۔ شرما جی کی حد سے زیادہ سنجیدہ ڈانٹ ڈپٹ کے بعد اُنہوں نے تھوڑی سی چُہل کو غیر مناسب اور بے موقع نہیں سمجھا۔

"کیوں ری چوہے کھانی!" اُنہوں نے مَینا سے کہا، "تو بہت نکمّی ہو گئی ہے اب۔ کیا چوہے کھانے کو نہیں ملتے؟"

مَینا نے جس طرح شرما جی کے غصّے کو نظر انداز کیا تھا اُسی طرح ظہیر بھائی کی چُہل کو کوئی اہمیّت نہیں دی۔ اصل یہ ہے کہ مزاح سے لُطف اندوز ہونا ہر کس و ناکس کا کام نہیں، اور ظہیر بھائی کو ایک بدمذاق لڑکی سے اس سلسلے میں یقیناً کوئی توقع نہ رکھنی چاہیئے تھی۔

گھر میں اگر کسی چھوٹی بچّی کو چھیڑنا ہوتا ہے تو اکثر اُسے چوہے کھانی کہہ دیا کرتے ہیں۔ یہ گویا ایک پیار کا لفظ ہے۔ مگر یہاں میں یہ سمجھنے سے قاصر رہا کہ ظہیر بھائی نے کس خیال کے ماتحت مَینا کو چوہے کھانی کہہ کر پکارا۔ میں اُن سے پوچھنے والا ہی تھا کہ شرما جی نے برابر والے کمرے کی طرف دیکھا اور بولے، "شاہ صاحب! ٹیکوں کا رجسٹر لائیے۔"

میں اُچھل پڑا۔ ہندوستان کے ایک چھوٹے سے قصبے میں ہٹلر جیسی شخصیت کا موجود ہونا بلاشبہ ایک حیرت میں ڈال دینے والی بات ہے۔ میں تین دن پیشتر اپنے اخباری اور صحافتی ماحول کو خیرباد کہہ کر دہلی سے روانہ ہُوا تھا تو میں نے سوچا تھا کہ کم سے کم چند دن تو ہٹلر اور ہٹلریت کے ناپاک تذکرے سے دُور رہوں گا۔ مگر یہاں آکر معلوم ہُوا کہ جنگ واقعی ایک عالمگیر

چیز ہے اور اِس وسیع و بسیط دنیا کا حقیر ترین گوشہ بھی اُس کے ہمہ جہت اثرات سے محفوظ نہیں ہے۔

برابر والے کمرے میں سے ایک صاحب جن کی کمر جھکی ہوئی تھی، جن کی داڑھی سفید تھی ——— جن کا شکستہ وجود زندگی کے تقریباً ساٹھ سالوں کے بوجھ کے نیچے بُری طرح کراہ رہا تھا ——— ایک عظیم الہیئت رجسٹر اپنے دونوں ہاتھوں میں اُٹھائے ہوئے تشریف لائے۔

مَیں ہٹلرِ اعظم کے اِس عجیب و غریب نمونے کو دیکھ کر سخت متعجب ہُوا۔

ہٹلر صاحب نے رجسٹر کھول کر شرما جی کے سامنے میز پر رکھا تو میز کا بڑا حصّہ ہماری نظروں سے روپوش ہو گیا۔

"لیکن اِن صاحب کا نام ہٹلر پڑا کیونکر؟" مَیں نے اپنے آپ سے کہا۔ "اِن میں اور قائدِ جرمنی میں تو ذرا سی بھی مشابہت نظر نہیں آتی۔ مگر نہیں! مشابہت ہے، بشرطیکہ ذرا گہری نظر سے دیکھا جائے۔ ہٹلر کو ایک بوڑھے اِنسان کے سوا کسی اور چیز سے تعبیر کیا ہی نہیں جا سکتا، اِس لئے کہ وہ مجسّمہ ہے ایک بوڑھے فرسودہ نظام کا جو اپنی زندگی کے دن پُورے کر چکا ہے ......"

میرا سیاسی فلسفہ کچھ بے محل ہی ثابت ہُوا۔ کیونکہ اُسی وقت ظہیر بھائی بڑے میاں کی طرف متوجہ ہوئے اور بولے، "کہئے ہیڈ کلرک صاحب! اُس خط کا کوئی جواب آیا یا نہیں؟"

گویا بڑے میاں دراصل "ہیڈ کلرک" تھے اور یہ محض شرما جی کی زبان کے فطری لوچ کا نتیجہ تھا کہ میں اُنہیں "ہٹلر صاحب" سمجھ بیٹھا۔ مَیں شرما جی کی گویائی اور اپنے سامعہ کی اِس دلچسپ سازش پر مسکرائے بغیر نہ رہ سکا۔

شرما جی ٹکٹکی باندھے رجسٹر پہ بُری طرح جھکے ہُوئے تھے۔ میری نظر اُن کی کرسی کی "بیک" پر پڑی، یعنی اُس حصّے پر جو بیٹھنے والے کی پیٹھ کو سہارا دیتا ہے۔ وہ کرسی اپنی ساخت

کے لحاظ سے "آفس چیئر" نہیں تھی، بلکہ "ڈرائننگ چیئر" تھی۔ جن کرسیوں پر مَیں اور ظہیر بھائی بیٹھے ہوئے تھے وہ بھی اسی قسم کی تھیں۔ اب میز پر جو نظر کی تو معلوم ہُوا کہ وہ بھی "ڈرائننگ ٹیبل" ہے۔ غرضیکہ کل فرنیچر ڈرائننگ روم کا فرنیچر تھا۔ اِن حالات میں اگر شرما جی قمیص کی جگہ پتلون پہنے ہوئے ہوتے تو کچھ نامناسب نہ ہوتا۔ مَیں نے کمرے میں اِدھر اُدھر نظر دوڑائی کہ شاید کسی کونے میں ایک آدھ "سائڈ بورڈ" ایک آدھ "ویگن" اور چند ٹوٹے پھوٹے برتن بھی رکھے ہوئے دکھائی دے جائیں۔ یہ چیزیں تو مجھے نظر نہ آئیں، البتہ کمرے کی ویرانی کا کچھ اندازہ ہوگیا۔ الماریاں دروازوں سے محروم تھیں اور اُن کے اندر مکڑیوں نے کثرت کے ساتھ جالے بُن رکھے تھے۔ دیواروں پر گرد کی موٹی سی تہہ جمی ہوئی تھی۔ چھت مٹی کا ایک ڈھیر تھی۔ فرش بالکل کچا تھا۔ میونسپل آفس کیا تھا، سچ مچ ریلوے کے مال گودام کا دفتر تھا!

شرما جی اپنا کام کر چکے اور فراغت کے انداز سے کرسی پر پھیل کر بیٹھ گئے۔ پھر اُنھوں نے گھڑی دیکھی اور ظہیر بھائی سے بولے، "ابھی تک تو آئے نہیں چمن صاحب۔ ساڑھے آٹھ بج رہے ہیں۔"

"اجی۔ او صاحب! میرے خیال سے آپ جاکر اُن کو لے آئیے،" ظہیر بھائی نے کہا۔ "آپ کا تانگا تو کھڑا ہی ہے ــــــ یا آپ کہیں تو مَیں چلا جاؤں۔"

"نہیں، مَیں خود جاتا ہوں۔ ذرا یہ بھی دیکھتا آؤں گا کہ کھانے کا کیا انتظام ہُوا ہے ــــــ کیا کیا چیز پکی ہے۔" اُن کی زبان ابھی سے چٹخارے بھر رہی تھی!

"کیا کیا چیز کا تو کوئی سوال ہی نہیں،" ظہیر بھائی بولے، "وہ تو کل ہی طے ہوگیا تھا۔ کباب اور پراٹھے، اور تلی ہوئی مچھلی۔"

"اور آم ؟"

"آم قیوم صاحب لا رہے ہیں۔"

شرما جی کے چہرے پر اطمینان اور مسرت کی لہر دوڑ گئی۔ اِن لذائذ کا تصور کر کے میرے منہ میں بھی پانی بھر آیا۔

ہم تینوں اُٹھ کھڑے ہوئے اور کمرے سے باہر جانے لگے۔ چلتے چلتے میں نے ینا پر ایک نظر ڈالی۔ اُس نے میری توجہ کو لائقِ توجہ نہیں سمجھا۔

شرما جی تانگے میں بیٹھ کر چمن صاحب کو لینے چلے گئے۔

ظہیر بھائی نے مجھ سے کہا، "آؤ میرے دفتر میں چلو۔"

برآمدے میں سے گزرتے وقت میں نے دیکھا کہ سامنے درخت کے نیچے ایک شخص بیٹھا ہوا ہے اور اُس کی ناک سے گاڑھا گاڑھا خون نکل کر لوتھڑوں کی شکل میں زمین پر جمع ہو رہا ہے۔ ظہیر بھائی اُس کو دیکھتے ہی چلّائے، "ارے بشیرا! آج تو نے ابھی اور صاحب کے دفتر میں چھڑکاؤ نہیں کیا؟ تمام خاک اُڑ رہی ہے۔ یہ کیا تیری نکسیر پھوٹ گئی؟ چل جلدی دفتر میں چھڑکاؤ کر۔ اور برآمدے میں بھی دو چار مشکیں بہا دے۔" یہ کہتے ہوئے وہ آگے بڑھ گئے۔ اِس وقت وہ ذرا جلدی میں تھے، کیونکہ مجھے اپنا دفتر دکھانے لے جا رہے تھے۔

برآمدے کے ایک پہلو میں اُن کا دفتر تھا۔ اُس میں کوئی قابلِ دید چیز نہ تھی۔ ایک چھوٹی سی میز، اُس پر تھوڑے سے کاغذات اور بہت سی خاک دھول، میز کے گرد دو تین پرانی کُرسیاں جن پر مدّتوں کے استعمال سے خود بخود ایک سیاہ رنگ کا پالش ہو گیا تھا، اور کمرے کے ایک گوشے میں ٹوٹی پھوٹی لالٹینوں کا ایک ڈھیر —— یہ تھی کل کائنات ظہیر بھائی کے دفتر کی!

"ظہیر بھائی!" میں نے ایک کرسی پر بیٹھتے ہوئے کہا، "یہ تو بتایئے، کون کون چل

رہا ہے ببیر کو۔"

"بس ہمارے علاوہ ای۔او صاحب ہیں، اور چیئرمین صاحب اور قیوم صاحب۔"

"اور چمن صاحب؟"

"کون چمن صاحب؟" انہوں نے چونک کر پوچھا۔

"کون چمن صاحب!" مَیں نے حیرت کے ساتھ اُن کے الفاظ کو دُہرایا۔" آپ نہیں جانتے چمن صاحب کو؟"

" ارے بھئی! کون چمن صاحب؟ کچھ معلوم تو ہو!"

" بھئی واہ!" مَیں نے کہا،" بڑی عجیب بات ہے! اور یہ آپ کے ای۔او صاحب ابھی کیا کہہ رہے تھے کہ چمن صاحب ابھی تک نہیں آئے؟ ——"

"چمن صاحب نہیں،" اُنہوں نے نہیں پر زور دے کر کہا،" چیئرمین صاحب!"

" لاحول ولا قوۃ!" میرے منہ سے نکلا اور مَیں کچھ جھینپ سا گیا۔

یہ شرماجی کی گویائی اور میرے سامعہ کی ایک دلچسپ سازش تھی۔ اِس سازش میں زیادہ شرارت شرماجی کی گویائی کی تھی۔ میرے سامعہ کا قصور اگر کچھ تھا تو بہت معمولی۔ مگر شرمندگی مجھی کو اُٹھانی پڑی۔

ایک میلے کچیلے مزدور نے اندر آکر قصبے کی روشنیوں کے متعلق ظہیر بھائی سے کچھ باتیں شروع کر دیں۔ مَیں موقع پا کر کمرے میں سے نکل بھاگا۔ باہر زمین پر سبز گھاس کا ایک نرم و نازک فرش بچھا ہوا تھا۔ آسمان پہ بادل چھائے ہوئے تھے، اور ٹھنڈی ہوا کے جھونکے بھیگی ہوئی زمین کی سوندھی سوندھی خوشبو سے گرانبار تھے۔ مَیں نے وہیں کچھ دیر ٹہلنے کی ٹھانی۔ یہ پُر بہار جگہ میونسپل آفس کی پُشت پر تھی۔ ظہیر بھائی کے دفتر کے پیچھے ایک جھونپڑا سا بنا ہوا

تھا جس کی کچی دیواریں گز بھر سے زیادہ اُونچی نہیں تھیں۔ دیواروں کے اُوپر ایک پھُونس کا چھپر تھا۔ میں ٹہلتا ہُوا آگے بڑھا تو دیکھا کہ جھونپڑے کے سامنے ایک نیم کے درخت کے نیچے مینا بیٹھی ہوئی روٹی پکا رہی ہے۔ اُس نے مجھے دیکھنے کے باوجود بھی نہیں دیکھا۔ اُس کے اِسی بے پناہ استغنا نے مجھے جرأت دلائی کہ میں ڈھٹائی کے ساتھ وہیں ٹہلتا رہوں اور گھُور گھُور کر اُسے دیکھے جاؤں۔ چُولھے سے ذرا فاصلے پر ایک سیاہ فام ادھیڑ عمر کا آدمی جس کا جسم قریب قریب ننگا تھا، ایک چلم منہ سے لگائے بیٹھا تھا۔ وہ مینا کا باپ تھا۔ جس کو ذرا دیر پہلے ٹھاکر جی نے برخاست کر دینے کی دھمکی دی تھی۔ اُس کی للچائی ہوئی نظریں سختی کے ساتھ روٹیوں پر گڑی ہوئی تھیں۔ روٹیوں کی شکل نہایت مکروہ تھی۔ مجھے بے اختیار وہ کباب پراٹھے یاد آ گئے جو ہم لوگوں کے لئے چیئرمین صاحب کے ہاں سے تیار ہو کر آ رہے تھے، اور جن کا ذکر چند منٹ پیشتر ظہیر بھائی نے کیا تھا۔ مگر اُس وقت میرے منہ میں پانی بھر آیا تھا۔ اِس وقت ایسا نہیں ہُوا۔ معلوم نہیں کیوں!

مَیں نے کوشش کر کے مینا کی روٹیوں کی طرف دیکھنا چھوڑ دیا۔ اور چیئرمین صاحب کے ہاں کے کباب پراٹھوں کو بھی دل سے بھلا دیا۔ میری توجہ خود بخود اُس عجیب و غریب مرقع میں جذب ہو گئی جس کا پس منظر مجموعہ تھا ایک غلیظ جھونپڑے اور ایک غلیظ شخص کا، اور پیش منظر عبارت تھا ایک جلوۂ قمر وشِ دوشیزہ سے۔ یہ مرقع اِس قدر چابک دستی سے تیار کیا گیا تھا اور اُس کے نقوش نے ہماری زندگی کی ایسی ظالمانہ نقاب کشائی ہوتی تھی کہ کچھ دیر کے لئے میں بالکل مبہوت ہو گیا۔

مینا نے روٹیاں پکا کر باپ کے سامنے رکھ دیں۔ باپ نے چلم منہ سے ہٹائے بغیر اُس سے کچھ کہا۔ اِس پر وہ اندر گئی اور ایک چھوٹی سی غلیظ پتیلی اور میلی سی بوتل نکال کر لائی۔ (مینا کی

دنیا میں اُس کے چہرے کے سوا کہ وہ آفتاب کی طرح بے داغ تھا ہر چیز غلیظ اور میلی تھی!) اُس نے پتیلی چولھے پر رکھی اور بوتل میں سے کوئی رقیق چیز جو غالباً کسی نہ کسی قسم کا تیل ہوگا اُس کے اندر انڈیل دی۔ پھر اُس نے چولھے کی آگ کو تیز کیا۔ اور اُس کے بعد...... میں سمجھا کہ اب یہ میری طرف آ رہی ہے۔ مگر نہیں! اُس کی نظروں میں میرا تو کوئی وجود ہی نہیں تھا۔ وہ میرے برابر سے اِس طور پر نکل گئی گویا اُس کے نزدیک میں اُن جانوروں میں سے تھا جو میرے قریب ہی گھاس چر رہے تھے۔ وہ سیدھی دیوار تک گئی جس کی جڑ میں برسات کے موسم کی مخصوص گھاس کثرت کے ساتھ اُگی ہوئی تھی۔ اُس نے دونوں ہاتھوں سے تھوڑی سی گھاس نوچی اور اس کو لیتے ہوئے واپس ہوئی۔ میں اپنی چہل قدمی بھول چکا تھا اور ایک جگہ پر کھڑا ہوا ٹکٹکی باندھ کر اُس کو دیکھ رہا تھا۔ حیرت کے سبب سے میری آنکھیں اِس قدر پھٹی ہوئی تھیں کہ میرا خیال ہے کہ اگر وہ میری طرف دیکھتی تو اُس کو میرے چہرے پر آنکھوں کے سوا اور کچھ نظر نہ آتا۔ لیکن اُس نے میری طرف نہیں دیکھا۔ سیدھی چولھے کے پاس گئی اور گھاس کو پتیلی میں ڈال دیا۔ ایک کفگیر ہاتھ میں لے کر زیادہ سے زیادہ ایک منٹ تک اُس کو چلایا۔ اُس کے بعد پتیلی کو چولھے سے اُتارا اور لے جاکر باپ کے سامنے رکھ دیا۔

میں وہاں سے بھاگ کھڑا ہوا۔ مرقع کی یہ تازہ ترین رنگ آمیزی میرے ذوق سے بالاتر چیز تھی۔ دوڑ کر ظہیر بھائی کے دفتر میں پہنچا۔ وہ خالی تھا۔ آگے بڑھا تو برآمدے میں ظہیر بھائی کو ایک بہت ہی کم عمر نوجوان کے ساتھ ایک آموں کی ٹوکری پر جھکا ہوا پایا۔ سامنے درخت کے نیچے ایک عمدہ سی کار بھی کھڑی تھی۔ میں سمجھ گیا کہ یہ نوجوان قیوم صاحب کے سوا اور کوئی نہیں ہو سکتا۔ لیکن قیوم صاحب کا جو تصور میں نے اپنے ذہن میں قائم کیا تھا وہ بالکل غلط ثابت ہوا، جیسا کہ عام طور پر ہوتا ہے۔ اُن کے چہرے پر بہیمانہ تعیش کی وہ علامات نہ تھیں جو بعض

متموّل اور آزاد نوجوانوں کے چہروں پر پائی جاتی ہیں۔ نہ بڑی سی توند تھی نہ مینڈک کی طرح پھولے ہوئے گال۔ وہ دُبلے پتلے اکہرے جسم کے آدمی تھے۔ وضع قطع کی لطافت اور چال ڈھال کا بانکپن نسائیت کی حد تک پہنچا ہوا تھا۔ تنگ مہری کے پاجامے پر باریک چکن کا کُرتہ پہن رکھا تھا۔ گریبان میں اور مونڈھوں پہ بیل لگی ہوئی تھی۔ ریشمی بنیان اندر سے اپنے ہلکے سبز رنگ کی جھلک دکھا رہا تھا۔ عمر کسی طرح سترہ اٹھارہ سال سے زیادہ نہ تھی۔

برآمدے میں کھڑے کھڑے میرا اُن سے تعارف کرایا گیا۔ ابھی یہ رسم ادا ہو رہی تھی کہ شرما جی ٹانگے میں آتے ہوئے دکھائی دیے۔ اُن کے ہمراہ کوئی دوسرا شخص نہیں تھا۔

"کیا بات ہے!" ظہیر بھائی اندیشہ ناک لہجے میں بولے، "چیئرمین صاحب ٹانگے میں نہیں ہیں! ——بڑی کوفت ہوگی اگر وہ نہ آئے!"

مَیں نے دل میں کہا کہ اگر وہ نہ آئے تو بہت ہی اچھا ہوگا۔ مَیں صبح سے اب تک بہت کافی سَیر کر چکا تھا اور اب دریا کی سَیر کا قطعی کوئی جذبہ میرے دل میں نہیں تھا۔

شرما جی اگرچہ ٹانگے میں بیٹھ کر آئے تھے مگر بُری طرح ہانپ رہے تھے۔

"کہیئے ای۔او صاحب!" ظہیر بھائی نے بے قراری کے ساتھ کہا، "چیئرمین صاحب کہاں ہیں؟"

"اوفوہ بڑی گرمی ہے!" شرما جی نے ہانپتے ہوئے اور رومال سے چہرے اور گردن کا پسینہ پونچھتے ہوئے کہا، "قیوم صاحب! آداب عرض! مزاج اچھا ہے؟ آپ آگئے! اور آم بھی لے آئے! بہت خوب! —— یار ظہیر! یہ چمن صاحب تو بعض اوقات بہت ہی پریشان کرتے ہیں۔ مَیں نے بہت کہا، مگر وہ کسی طرح نہیں مانے ——"

"کیا وہ نہیں چلیں گے؟" ظہیر بھائی پر سخت سراسیمگی کا عالم طاری تھا۔

"چلیں گے تو سہی، مگر تحصیلدار صاحب کے ہاں گئے ہیں۔ اُدھر سے ہوتے ہوئے آئیں گے ــــــ اب دیکھئے کب تک آتے ہیں۔ ویسے اُنہوں نے کہا تو ہے کہ آدھ گھنٹے کی اندر آتا ہوں۔" پھر ذرا شگفتہ ہو کر بولے، "کھانا البتہ آگیا ہے ــــــ ارے چپراسی! دیکھو شٹلر صاحب سے کہو، کھانا تانگے میں سے اٹھوا کر اندر رکھوالیں۔"

چند منٹ تک تینوں اصحاب کھانے کی نوعیت اور آموں کی عمدگی کے متعلق مزے لے لے کر باتیں کرتے رہے۔

جب اِس موضوع پر کچھ کہنے کے لئے باقی نہ رہا تو شرما جی نے قیوم صاحب کے کندھے پر ہاتھ رکھا اور بڑی شفقت کے ساتھ بولے، "اب تو آپ ٹھیک ہیں؟ جی تو نہیں گھبراتا؟"

"جی ہاں، اب تو حالت بہتر ہے،" قیوم صاحب نے ذرا شرما کر جواب دیا۔ "مگر خالی وقت کسی طرح نہیں کٹتا۔ ارے ہاں! ــــــ" وہ تیزی سے کار تک گئے اور اپنے ہاتھ میں رنگین لفافوں کا ایک ڈھیر لئے ہوئے واپس آئے۔

"انسپکٹر صاحب!" اُنہوں نے ظہیر بھائی سے مخاطب ہو کر کہا، "ذرا ہمارے یہ خطوط ڈلوا دیجئے گا۔"

"اتنے بہت سے خط!" ظہیر بھائی نے لفافوں کو لے کر اُلٹ پلٹ کرتے ہوئے کہا۔ "یہ تو آپ نے کل لکھے تھے۔ ابھی تک نہیں ڈلوائے؟"

"وہ تو کل ہی ڈلوا دئے تھے۔ یہ آج اور لکھے ہیں۔"

"اوہ! آپ اِس کثرت سے خط لکھتے ہیں۔ اور روزانہ اِتنے بہت سے لکھ کیسے لیتے ہیں؟ کتنے ایک ہوں گے یہ؟"

"کوئی بیس پچیس ہیں۔"

"شاباش ہے بھئی!" شرما جی بولے، "لکھتے کیا ہیں آپ اِن خطوں میں؟"

"بس اپنی خیریت لکھ دیتا ہوں،" قیوم صاحب نے شرماتے ہوئے کہا۔ "یہ خالی وقت ہے۔ اِسی طرح کٹ جاتا ہے۔"

"اور روزانہ لکھتے ہیں؟" شرما جی نے سوال کیا۔ وہ اِس نوجوان کی طفلانہ حرکت پر سخت متعجب تھے۔

"تقریباً روزانہ!"

"ارے! پتہ تو سب کے اُوپر ایک ہی ہے، ناموں کے فرق کے سوا،" ظہیر بھائی نے چونک کر کہا۔ "یہ کیا بات؟"

"سب کو علیحدہ علیحدہ خط لکھتا ہوں میں،" قیوم صاحب نے جواب دیا۔

"مگر یہ سب لوگ رہتے تو ایک ہی گھر میں ہیں؟"

"ہاں، مگر خط و کتابت تو علیحدہ علیحدہ کرتے ہیں۔"

جہاں تک مجھے معلوم تھا، شرما جی قیوم صاحب کو بہت دنوں سے جانتے تھے۔ مگر اِس وقت وہ اُن کو اِس طرح حیرت کے ساتھ اوپر سے نیچے تک دیکھ رہے تھے گویا اِس عجیب و غریب نوجوان سے ابھی ابھی اُن کی ملاقات ہوئی ہے۔

میں بھی یہ خیال کر کے مسکرا پڑا کہ اِس شخص نے اپنے خالی اوقات کو پُر کرنے کا کیسا اچھا اور سستا طریقہ نکالا ہے۔

شرما جی نے مجھے مسکراتے ہوئے دیکھا تو میری طرف متوجہ ہو گئے۔ "کہئے آپ نے ہمارے قیوم صاحب سے مُلاقات کی؟"

"جی ہاں، نیاز حاصل ہوا،" مَیں نے کہا۔ "بڑی خوبیوں کے آدمی ہیں!"

قیوم صاحب نے بھی میری تعریف میں کچھ کہنا ضروری سمجھا۔

"مجھے بھی آپ سے ملنے کا بہت اشتیاق تھا،" وہ بولے۔ "انسپکٹر صاحب سے اکثر آپ کی تعریف سُنی تھی۔ اور آپ کا کلام سننے کی بڑی آرزو تھی ـــــ اُمید ہے آج یہ آرزو پوری ہو سکے گی۔"

"ضرور، ضرور!" میں نے کہا۔ "یہ تو آپ کی قدر افزائی ہے۔"

"اچھا! کیا آپ کو شاعری سے بھی کچھ دلچسپی ہے؟" شرما جی نے سوال کیا۔ شاعری سے اُن کا مطلب شعر گوئی تھا۔

میرے جی میں آئی کہ اُن سے کہوں، "جناب! 'کچھ' نہیں، بہت زیادہ دلچسپی ہے، بلکہ مجھے اُس کا جنون ہے۔ اور میں اِس ذوق کی خاطر اپنی تمام زندگی کو برباد کر چکا ہوں۔ میری نظموں کے متعدد مجموعے شائع ہو چکے ہیں۔ میری شاعری اپنی جدت اور نُدرت کے لحاظ سے جدید اُردو ادب میں ایک خاص اہمیت رکھتی ہے۔ آپ ایک نامور شاعر سے اِس قسم کا سوال کر کے اپنی افسوسناک عدمِ واقفیت کا ثبوت دے رہے ہیں۔ آپ میری توہین کر رہے ہیں!"

لیکن اس کی بجائے میں نے خالص شاعرانہ انکسار سے کام لیتے ہوئے جواب دیا، "جی ہاں، کبھی کبھی کچھ کہہ لیتا ہوں ـــــ یونہی دل بہلانے کی خاطر!"

"تب تو واقعی آج آپ کا کلام سُنا جائے گا،" شرما جی نے ایک مربیانہ انداز میں مجھے یقین دلایا۔ "آپ اپنے ساتھ کچھ بٹیر لاتے ہیں؟"

"بٹیر!" میں نے سخت حیرت کے ساتھ کہا۔

"ہاں ہاں، کچھ بٹیر لاتے ہیں؟"

"بٹیر بازی تو میں نے کبھی نہیں کی شرما جی!"

"ٹیپر بازی!" ظہیر بھائی نے زور کا قہقہہ لگایا۔"ارے میاں ! ای۔ او صاحب" میٹریل" کہہ رہے ہیں —— وہ کہاں ہے تمہاری بیاض ؟"

شرما جی کی گویائی اور میرے سامعہ کی یہ تیسری اہم سازش تھی۔ مگر مجھے یہ دیکھ کر اطمینان ہُوا کہ اِس مرتبہ شرما جی کو بہت بُری طرح جھینپنا پڑا۔

"بڑی گرمی ہے صاحب،" وہ گھبرا کر بولے۔" چلیئے اندر چل کر بیٹھیں —— چمن صاحب تو معلوم نہیں کب تک آئیں گے۔"

ہم لوگ پھر شرما جی کے دفتر میں پہنچ گئے۔

"انسپکٹر صاحب! اب کے کسی چھٹی میں دہلی چلیئے،" قیوم صاحب نے کرسی پر بیٹھتے ہوتے ظہیر بھائی سے کہا۔" ہمیں ایک موٹر سائیکل خریدنا ہے۔ ہمارے وہاں لکھنؤ میں تو اچھی گاڑی ملتی نہیں۔"

"چلیئے، ہم تو ہر وقت تیار ہیں،" ظہیر بھائی نے جواب دیا۔

مَیں نے اِس سلسلے میں اُن دونوں کی ہمت افزائی اپنا اخلاقی فرض خیال کیا:"جی ہاں، ضرور آئیے،" مَیں نے کہا،" مجھے بڑی خوشی ہو گی۔"

"مگر موٹر سائیکل تو آپ کے پاس ایک ہے ؟" ظہیر بھائی بولے۔

"اجی وہ تو بہت ہلکی گاڑی ہے —— وہ تو ہم نے یونہی پچھلی عید پر لے لی تھی، محض تفریحاً —— ہمیں عیدی ملی تھی۔ وہ روپے ہمارے پاس موجُود تھے۔ شام کو ٹہلنے نکلے گاڑی نظر آ گئی، وہی خرید لی ——"

"چپراسی!" شرما جی چلائے،" دیکھو یہ مینا کی بچی پھر غائب ہے۔ بلاؤ اِس کو۔"

"اور دیکھو،" ظہیر بھائی بولے۔"بشیرا سے یہاں چھڑکاؤ کرنے کو کہا تھا۔ اُس کم بخت نے

سُنی اَن سُنی کردی ——"

"سرکار! بشیرا کی تو نکسیر پھُوٹ گئی ہے۔ وہ اپنی کوٹھری میں پڑا ہے۔ خُون کسی طرح رُکتا ہی نہیں ——"

"اچھا اچھا، یُنا کو بلاؤ۔" شرما جی نے بے قراری سے کہا۔

"نام خُوب ہے اِس کا —— یُنا!" قیوم صاحب بولے۔

"اور باپ کا نام کتّا ہے۔" ظہیر بھائی نے کہا۔

"کتّا!"

"جی ہاں، کتّا! —— بات یہ ہے کہ جب اِن کے ہاں بچّہ پیدا ہوتا ہے تو جو چیز سب سے پہلے اِن کی نظر کے سامنے آتی ہے اُسی کا نام بچّے کو دیا جاتا ہے —— اب یہ جو یُنا ہے نا۔ پچھلے سال اِس کے ہاں لڑکا ہُوا تھا۔ اُس دن تحصیلی اسکول کی ٹیم یہاں آئی ہوئی تھی۔ یہ لڑکے آپس میں باتیں کر رہے تھے اور "پلیئر" کا لفظ بار بار اُن کی زبان پر آتا تھا۔ بس کتّا نے اُس بچّے کا نام بھی پلیئر رکھ دیا۔"

"خُوب!" قیوم صاحب بولے۔

"لڑکا یُنا کے ہاں پیدا ہُوا تھا؟" مَیں نے پوچھا۔

"ہاں اور کیا!" ظہیر بھائی نے جواب دیا۔ "کیوں کچھ تعجب کی بات ہے؟"

"بہت کم عمر ہے وہ لڑکی ——" مَیں نے دبی زبان سے کہا۔

"نہیں میاں! کم عمر کیوں ہوئی۔ پوُری عورت ہے۔"

"شوہر کہاں ہے اِس کا!"

"شوہر!" ظہیر بھائی کی آنکھوں میں شرارت ناچنے لگی۔ "شوہر اُس کا اُس کے ساتھ

رہتا ہے۔"

"اُس کے ساتھ؟"

"ہاں اِسی جھونپڑی میں۔"

"وہ تو ایک کالا سا ادھیڑ عمر کا آدمی ہے ـــــ کڑا اُسی کا نام تو ہے شاید؟"

"ہاں اور وہی اُس کا شوہر ہے۔"

"وہ تو اُس کا باپ ہے ـــــ ابھی آپ کہہ رہے تھے نا؟"

"اب کیا خبر باپ ہے کہ شوہر ہے،" شرما جی نے اِس گفتگو سے بیزار ہو کر کہا۔

اور ظہیر بھائی نے ایک قہقہہ لگایا۔

اُسی وقت چپراسی کمرے میں داخل ہوا۔

"سرکار! وہ تو کہیں چلی گئی ہے۔"

"کیا!" شرما جی نے اُچھل کر کہا، "کہاں چلی گئی حرامزادی؟ ـــــ کوّا کو بلاؤ۔"

"وہ بھی نہیں ہے حضور!"

"وہ بھی نہیں ہے!" شرما جی نے سخت غصّے کے عالم میں کہا، "اچھی بات ہے۔ میں کروں گا اِن دونوں کا علاج ـــــ دیکھو ـــــ چپراسی!"

"حضور!"

"وہ آئیں تو دونوں کو باہر نکال دو اور جھونپڑا فوراً خالی کرالو ـــــ"۔

"ارے صاحب! پڑا رہنے دیجئے چوہے کھانی کو،" ظہیر بھائی نے سفارش کی۔ "ذرا اُسے کوّا کو بلا کر اچھی طرح ڈانٹ دیجئے گا......"

چند منٹ میں شرما جی کا غصہ فرو ہو گیا تو میں نے ظہیر بھائی سے پوچھا، "آپ اِس کو

چوہے کھائی کیوں کہتے ہیں؟" میری دلچسپی نمایاں طور پر بڑھتی جا رہی تھی۔

"اس لئے کہ وہ چوہے کھاتی ہے" ظہیر بھائی نے مستعدی کے ساتھ جواب دیا۔ "تم اسے مذاق نہ سمجھنا۔ یہ حقیقت ہے۔ ابھی پچھلے جاڑوں کی بات ہے۔ ہم لوگ ایک دن دوپہر کے وقت یہیں ای۔او صاحب کے دفتر میں کام کر رہے تھے کہ یکایک بدبو کے مارے سب کا دماغ پریشان ہو گیا۔ بھاگے اُٹھ کے یہاں سے۔ بڑی دیر تک تو معلوم ہی نہیں ہوا کہ بدبو آئی کہاں سے۔ لیکن پھر بعد میں حقیقت کا پتہ لگا۔ یہ دونوں 'مینا اور گوا' اپنے جھونپڑے میں بیٹھے ہوئے تھے۔ اوپر چھپر میں سے ایک چوہیا گری۔ انہوں نے اُسے پکڑ کر چولھے کے اندر بھوبھل میں ڈال دیا، اور وہیں نمک مرچ لگا کر کھا گئے۔۔۔۔۔"

قیوم صاحب کو اُبکائی آئی اور وہ تھوکنے کے لئے دوڑے ہوئے باہر گئے۔

میں نے اپنے حلق میں ایک قسم کی خشکی محسوس کی۔

شرما جی بولے "ارے صاحب! چوہا کھانے میں اسے کیا عار جو انسان کو ہضم کر جائے۔"

"یعنی؟ ـــــ کیا مطلب آپ کا؟" میں صرف حیران ہی نہیں بلکہ پریشان بھی ہو رہا تھا۔

"اب کیا جانئے!" شرما جی نے جواب دیا "ہمیں تو کچھ معلوم نہیں۔ یہی آپ کے ظہیر صاحب کہتے ہیں کہ یہ دونوں اُس بچے پلیٹر کو ذبح کر کے کھا گئے۔"

"میں تو نہیں کہتا" ظہیر بھائی بولے "یہ چپراسی وغیرہ کہتے ہیں ـــ البتہ اتنی بات ضرور ہے کہ کرسمس کی تعطیل سے پہلے وہ بچہ موجود تھا اور اچھا خاصا تھا۔ گورا چٹا۔ بالکل اپنی ماں کی شکل کا۔ ہم تعطیل کے بعد آئے تو معلوم ہوا کہ مر گیا۔ مگر چوکیدار کہتا ہے کہ وہ ہرگز نہیں مرا۔ مرتا تو مجھے ضرور پتہ لگتا۔ یہی دونوں کاٹ کے کھا گئے ـــــ"

میں نے تصور کی آنکھ سے ایک پھول سے بچے کو ذبح ہوتے ہوئے دیکھا۔ میری آنکھوں کے

سامنے اندھیرا چھا گیا۔ میں یہ بھول گیا کہ میں کہاں ہوں۔

ظہیر بھائی کی آواز کہیں دور سے آتی ہوئی معلوم ہوئی "۔۔۔بلکہ وہ تو یہاں تک کہتا ہے کہ میں نے ہڈیاں پڑی ہوئی دیکھیں۔۔۔۔۔۔"

میں اٹھا اور کھنکارتا ہوا باہر کی طرف چلا، گویا تھوکنے جا رہا ہوں۔ دروازے میں سے گزرتے وقت میں نے زور سے ایک ٹھوکر چوکھٹ کے ماری اور پھر ایک دل دوز کراہ کے ساتھ لڑکھڑا کر گر پڑا۔

سب دوڑ پڑے اور مجھے اٹھانے لگے۔

"میرے ٹخنے میں سخت چوٹ آئی ہے ظہیر بھائی!" میں نے کراہتے ہوئے کہا۔ "ایسا کئی دفعہ ہو چکا ہے۔ یہ جوڑ ہمیشہ سے کمزور ہے ۔۔۔ مجھے گھر پہنچوائیے۔ میں تو اب تین دن تک ہل بھی نہیں سکتا۔۔۔۔۔۔"

سب نے یقین دلانے کی کوشش کی کہ کچھ دیر کرسی پر بیٹھ کر آرام کرنے سے تکلیف جاتی رہے گی۔ مگر میں نے کسی کی نہیں سنی۔

بالآخر مجھے قیوم صاحب کی موٹر میں ڈال کر گھر پہنچا دیا گیا۔ اور قبل اس کے کہ ظہیر بھائی دریا کی سیر سے واپس آئیں، میں دہلی کے لئے روانہ ہو چکا تھا۔

جس دن میں دہلی پہنچا اس دن ریگل میں شرلے ٹمپل کی ایک تصویر دکھائی جا رہی تھی!